ADRIAN ZAWADZKI

KRWAWY UMYSŁ

novaeres
WYDAWNICTWO INNOWACYJNE

Redakcja: EWELINA AMBROZIAK
Korekta: KAROLINA KAŹMIERSKA
Okładka: PAULINA RADOMSKA-SKIERKOWSKA
Skład: GRZEGORZ KALISIAK | *Pracownia Liternictwa i Grafiki*
Druk i oprawa: Elpil

Wydanie pierwsze

ISBN 978-83-7942-067-4

NOVAE RES – WYDAWNICTWO INNOWACYJNE
al. Zwycięstwa 96/98, 81-451 Gdynia
tel.: 58 698 21 61, e-mail: sekretariat@novaeres.pl, http://novaeres.pl

Publikacja dostępna jest w księgarni internetowej zaczytani.pl.

Wydawnictwo Novae Res jest partnerem
Pomorskiego Parku Naukowo-Technologicznego w Gdyni.

Pomorski Park Naukowo-Technologiczny

KRWAWY
UMYSŁ

Ucz się ze swoich snów, czego ci brakuje.
WYSTAN HUGH AUDEN

Dedykuję mamie.

PODZIĘKOWANIA

Autor pragnie złożyć serdeczne podziękowania

REGINIE SKOMSKIEJ

RENACIE ZAWADZKIEJ

EDYCIE RYCERZ

TOMASZOWI SUSUŁOWI

MAGDALENIE CHERKOWSKIEJ

ALEKSANDRZE WAJNERT

PANI WANDZIE WIELEBIE

JAGODZIE NIEBIESZCZYŃSKIEJ

ŻANECIE SCHODNIK

JOANNIE SETNEJ

PAULINIE PIOTROWSKIEJ

NATALII WOJTASZAK

...za to, co było i co przed nami.

PROLOG

⦾

*Twój jedyny dom, jaki masz w kosmosie, płonie, i każdy
z nas jest jednakowo odpowiedzialny za zapalenie zapałki
i odwrócenie się plecami, by nie widzieć tego, co się dzieje.*

JOHN HOGUE

Opowiada

DANIEL ROSSER

Ściany, ciągnące się dookoła wielkiego basenu,
były nieotynkowane, z czerwonej, pokrytej grzy-
bem cegły. Z niewidocznego ginącego w cieniu sufitu
zwisały cztery łańcuchy. Nie łączyły się jednak ciężko
z czarną taflą wody w basenie... Na zimnych sznurach
perfekcyjnie zawisły cztery ciała młodych mężczyzn
w wieku od dwudziestu do dwudziestu dwóch lat. Ich
nagie ciała, wiszące w bezruchu za nogi, zaledwie
głowami sięgały pod wodę... Chłód, który bił od basenu, wydawał się pełzać po moim ciele. Choć zachowy-
wałem spokój, nie mogłem w pełni pojąć obrazu, jaki
obserwowałem.

Stałem w pomieszczeniu, w którym panował okropny smród rozkładających się ciał. Głów ofiar nie
byłem w stanie ujrzeć; znajdowały się w tym bagnie.

Tylko poszarzałe klatki piersiowe i skrępowane ręce, połączone łańcuchem ciągnącym się do stóp, pozostawały widoczne. Wyciągnąłem z kieszeni swój telefon. Nie mogłem jednak nic zrobić, palce rąk ledwo się poruszały, było mi zimno. Stałem się świadkiem morderstwa czterech mężczyzn, których powieszono za nogi tak, aby tylko głowy spoczęły pod wodą. Zwymiotowałem. Zdałem sobie sprawę z tego, jaki koszmar przeszli, dusząc się, zaledwie cal od powietrza, którego pragnęli, zapewne jak niczego innego dotąd. Który z nich pierwszy stracił siły, miotając się, próbując ratować życie? Nie spostrzegłem jednak śladów świadczących o walce, którą stoczyli na łańcuchach. Być może nie żyli już, kiedy ktoś im to zrobił.

Usłyszałem ciche syczenie. Odgłos, jaki wydaje dogasające ognisko, lecz ten był nieco cichszy. Skierowałem się w głąb cienia po prawej stronie pomieszczenia z diabelskim basenem. Wąski korytarzyk doprowadził mnie do nowego miejsca. Przy wejściu znajdował się połyskujący złotem napis, potężne: *eXeX.*

W powietrzu unosiła się paskudna, zimna woń gnijących ciał. Niepewnym krokiem przeszedłem przez brudne pomieszczenie do znajdującej się na końcu okrągłej dziury. Wszedłem na korytarz, który rozdzielał się na dwa. Skręciłem w prawo. W oświetlonej blaskiem gasnących świec sali dostrzegłem ciało mężczyzny wiszące na grubym sznurze. Podbiegłem do niego po mokrej od wody i krwi posadzce. Zasłoniłem usta, a oczy zaszły mi łzami. Nie potrafiłem znieść tego widoku. Miejsce, w którym się znajdowałem, to położony za salą pokój Głównego Przewodniczącego. Był nim Oliwer wiszący teraz nade mną. Spostrzegłem błoto na marmurowej posadzce i ślady krwi. To jednak nic w porównaniu ze ścianami, na których rdzawymi gwoździami powbijane były ciała nagich mężczyzn w czarnych kapturach na głowach. Na środku wiszące ciało, którego twarz, zdarta kwasem, pozostała czarno-czerwoną czaszką. Zacząłem krzyczeć. Czułem na sobie dziesiątki spojrzeń. Gdy spoglądasz na martwe ciało, wzrok płata ci figle. Oczekując poruszenia, szarość wydaje się drgać. W pewnej chwili nawet usłyszałem trzask. Obróciłem się w stronę wejścia. Byłem zalany łzami, jednakże zdołałem dostrzec czarną plamę, zakapturzoną postać. Straciłem przytomność.

Wiem, że koniec już dawno miał swój czas.
Dziecko czerwone zatrzymuje nas.
By spytać o drogę.
Drogę o świcie,
Co usłana jeszcze zimą jest...

Tego dnia ujrzałem piekło czarne, czerwone; zobaczyłem dzieło diabła, z którym miałem spotkać się wkrótce osobiście. Ja... przeżyłem. Dlatego właśnie musiałem się z nim spotkać i spytać... Człowiek, który zabił swoich najbliższych, darował mi życie. Nie uwzględnił mnie w swoim makabrycznym planie. Chciałem zrozumieć...

MGŁA

ROZDZIAŁ PIERWSZY

⚭

KSIĄŻĘ I PYŁ

1

Opowiada

TRISTAN ROANCE

M oże to dziwne, ale lubił, gdy jego kot przechodził obok buchającego przyjemnie
w zimowe wieczory kominka, malując na ścianach
cienie chodzącego worka kości. Oj, to trzeba przyznać,
że ów kot niewiele miał ze swoim gatunkiem wspólnego. Był paskudny. Przypominał, śmiem nawet rzec,
zwierzę bliskie nam z jakiegoś filmu grozy. Był bardzo
marny, chwiał się na swych chudawych nóżkach, a do
tego miał trójkątny łeb, równie paskudny, jak i reszta
ciała. Wodził po pokoju wrogim spojrzeniem. Jedno
oko lśniło mu czerwienią, drugie było bladobłękitne.
Za oknami prószył śnieg, okrywając najbardziej ukry-
te zakamarki wioski. W całym domu panowała głucha
cisza. Podobnie zresztą jak na pustych ulicach, które
ginęły już pod śnieżnym okryciem.

Pan Yard siedział w salonie nad stertą papierów do wypełnienia przygotowanych, by zająć mu świąteczny czas. Przez uchylone drzwi wkradł się ukochany przez swego pana kot. Oboje rzucili sobie znaczące spojrzenia, po czym szary jak popiół futrzak spoczął na pluszowym dywaniku. Pracy było sporo. Warunki jak najbardziej dogodne. Cisza i spokój. Gregory siedział w swoim pokoju, służba w swoich. Tak było od zawsze w willi przy Villon Pray 13. Płomyczki tańczyły w oczach stworzenia wylegującego się na dywaniku, co ani trochę nie dodawało mu uroku. Cóż, zwierzę leżało sobie spokojnie wpatrzone w ciemny kąt pokoju, z nadzieją czekając na komendę pana, który zawoła, aby pogłaskać ulubieńca. Ale nikłe były na to szanse.

Zbliżały się święta, czas, w którym pan Yard zrobiłby wszystko, aby o nich nie myśleć. Miał około pięćdziesięciu lat i był dobrze sytuowanym właścicielem fabryki znajdującej się nieopodal wioski Villon Pray, w której to wiosce mieszkał wraz z synem. Pan Yard wychodził ze swego gabinetu stosunkowo niewiele razy w ciągu dnia. Jeżeli już opuszczał willę przy Villon Pray 13, wracał średnio po dwunastu, czasem nawet piętnastu godzinach.

Kolacje jadał z synem. Przy pięciometrowym prostokątnym stole siadał od strony wejściowych drzwi do jadalni. Zazwyczaj już jadł, gdy Gregory wchodził. Pan Yard nie podnosił wtedy nawet wzroku. Zadawał jedno, dwa pytania synowi, ale tylko wtedy, kiedy sam skończył już jeść. Słuchając często krótkich odpowiedzi, wpatrzony był to w śnieżnobiały obrus, to w błyszczące sztućce.

Na pierwszy rzut oka był on posępnym mężczyzną o ciężkim charakterze, który idealnie sprawował władzę w swojej umiłowanej fabryce. Nigdy nie pojawiał się w telewizji, prasa także się nim zbytnio nie interesowała, no może poza kontraktem z firmą, której właścicielem był Alexander Micali, jego przyjaciel z Walii. Między innymi dzięki temu ruchowi pan Yard rozsławił imię fabryki oraz w ciągu kilku kolejnych lat zainkasował kwotę przekraczającą nieco ponad osiemdziesiąt milionów dolarów. Niemniej, zawsze pozostawał tym samym obojętnym i bezdusznym człowiekiem. Uciszył plotki prasowe, jakoby willa przy Villon Pray 13 była prezentem od Aleksandra Micalego. Tak donosił jeden z francuskich dziennikarzy, który doszukał się interesujących dokumentów, o tym, że naprawdę imponująca budowla została założona przez wymarłą już dynastię Villon. Z tą zaś spokrewniona jest dynastia Micalich. To, co było prawdą, a co z niej zostało zatuszowane, wyśmiane i oblepione nalepką rzekomej mistyfikacji, dziś pozostaje tajemnicą.

Gregory Axel Yard był młodym, bo dwudziestoletnim chłopakiem, który uczęszczał do normalnej publicznej uczelni w pobliskim miasteczku. Życie tego młodzieńca jednak niewiele miało z normalnością wspólnego. Dzień jego wydawał się być snem, w którym uczestniczyli ludzie niewiele wnoszący do jego, idealnie rozplanowanej, egzystencji. Postrzegany był jako syn milionera, szalenie i nieprzyzwoicie urodziwy, o blond włosach, które zasłaniały jego uszy, ale nie opadały na ramiona, wzroku sokoła, który rozdzierał przestrzeń i uginał kolana każdego, kto na niego spojrzał. Po uczelni chodził w towarzystwie dwóch ochroniarzy zatrudnionych przez ojca. Nikt nigdy nie widział, aby Gregory z którymś z nich rozmawiał, co wcale nie oznaczało, że wstydził się obstawy bądź nią specjalnie przejmował. Jego ochroniarze byli jak duchy podążające za swym panem krok w krok.

W salach uczelni siedział w ostatniej ławce, zazwyczaj zajęty skrobaniem w notesie, nie patrzył na nikogo poza wykładowcą. Mimo sukcesów w nauce nie był aktywny podczas zajęć. Nikogo nie krytykował, nie wypowiadał się na temat zdania drugiej osoby. Był, jakby go nie było. Z początku budziło to zniesmaczenie i niemądre docinki ze strony kolegów. Jednak z czasem wszyscy do tego stanu rzeczy przywykli. Co ciekawe, nawet przyzwyczaili się do jego życia na pokaz.

Wydawać by się mogło, że ten młodzieniec, który tak naprawdę nie miał nawet przyjaciela, był plastikową zabawką. Do końca jednak nie było to prawdą. W przeciwieństwie do ojca był znaną osobą w wiosce, pobliskim miasteczku, a nawet całym kraju. Dwudziestolatek był modelem uczestniczącym w sesjach zdjęciowych magazynu „MASHTIE", prestiżowego pisma, które swe edycje zagraniczne miało w kilku krajach europejskich oraz Stanach Zjednoczonych. Jak stał się w tak młodym wieku twarzą znanego magazynu? Tym razem nie chodziło o pieniądze ojca, ale w wyjątkowym stopniu o znajomości. Matka Gregory'ego i żona pana Yarda była założycielką pisma.

Zarabiała na gazecie kolosalne kwoty, co miało wpędzić ją w krótkim czasie w nałóg narkotykowy i zakończyć jej życie rychłą śmiercią. Być może to bolesne przeżycie wyniszczyło pana Yarda, chociaż niektórzy uważali, że surowym człowiekiem był od zawsze. Nie dało się ukryć, że w historii Villon Pray rodzina Yardów była najdziwniejszą i najbardziej tajemniczą. Od matki, która stworzyła potęgę „MASHTIE", przez ojca pracoholika, właściciela przynoszącej wielkie zyski fabryki, po syna artystę, który żył własnym, wydawać by się mogło, tak odległym życiem.

Z czasem jednak ludzie przyzwyczajają się do wszystkiego, na nikim nie robiło to już większego wrażenia. Tymczasem wielkie poruszenie wywoływały zdjęcia ukazujące się co miesiąc w piśmie. Redaktorem naczelnym, po śmierci matki Gregory'ego, został jej zastępca, Victor. Był i jest trafnym następcą, który utrzymał pozycję pisma w Europie na wysokim poziomie, a także przyczynił się do rozpowszechnienia go za oceanem. Gregory'ego traktował jak siostrzeńca, widział w nim wielkiego człowieka, którego należy przygotować do kierowania wydawnictwem. Gregory i tak miał wiele do powiedzenia. Był bardzo świadomy swojej pracy.

Naturalnie to uczyniło Victora wrogiem numer jeden pana Yarda. Nie żeby ojciec chciał oddać synowi fabrykę, bo i nie widział jeszcze godnej pracy dla swego pierworodnego. Niemniej coś powstrzymywało go od myśli, jakoby Gregory w przyszłości miał rządzić „MASHTIE". Co dziwne, godził się przecież na każdą sesję. Temat ten nigdy jednak nie zakłócił spokoju Villon Pray 13, ponieważ chłopak go nie poruszał, a Victor willi nie odwiedzał.

Beznamiętne postukiwanie w klawisze fortepianu.

Willa przy Villon Pray 13 znajdowała się najbliżej, największego w okolicy, jeziora Pray. Wokoło rosły stare sosny, pełno było tu także pięknych pagórków. Legendy podawały, że posiadłość została wybudowana przez siedemnastowiecznych członków dynastii Villon, jednakże nie jest to do końca jasne. Istnieją wprawdzie zapiski, że około roku tysiąc sześćset trzynastego wprowadził się na te ziemie książę, który poślubił niemiecką księżniczkę, co nie zgadza się jednak z nazwiskami młodych. Dalej legenda podaje, że willę wybudował im ojciec dziewczyny. Skąd jednak wzięła się nazwa Villon? Dziś tego nie wiadomo. Jednakże był to imponujący budynek, zbudowany z wielką precyzją i kunsztem.

Matka Gregory'ego, jak opowiadał mu Victor, lubiła często mawiać, że mieszka w willi nieco mniejszej od Luwru. Nie kłamała. Jezioro Pray było wielkim zbiornikiem. Jego powierzchnia wynosiła około pięćdziesięciu czterech kilometrów kwadratowych, a maksymalna głębokość dochodziła do dwustu osiemdziesięciu metrów. Położone na południowy wschód od miasta Mirror, otoczone pagórkami i polami, ciągnęło się aż po Aparash Ballar Roance. Torf sprawiał, że przejrzystość jeziora była niewielka, wieczorami jednak bywało bardzo urocze.

Wróćmy jednak do willi. Wejścia, po obu stronach, strzegą dwie hermy, rzeźbione nagie popiersia, wyrastające z podpór — jedna przedstawia młodego mężczyznę, który trzyma jabłko, natomiast druga ukazuje piękną kobietę, której z prawej dłoni zwisa sztylet. Metr dalej znajdują się wielkie kolumny. W holu po otworzeniu monumentalnych wiekowych drzwi dwuskrzydłowych ukazuje się pierwsza część domu, ze sklepieniem o kształcie trójkąta sferycznego, zwanym pendentywem. Robi to imponujące wrażenie. W holu można poruszać się w stronę kolejnych pomieszczeń albo w prawo, albo w lewo lub podwójnymi krętymi schodami w górę, mając wciąż nad sobą ozdobne kasetony, budowane z czerwonej cegły trompy. Bogactwo detali, jakie tworzą willę, godne jest pozazdroszczenia. Jeden z ważnych magazynów francuskich podał kilka lat temu, że wartość budynku i dziedzińca szacuje się na kwotę dwudziestu ośmiu milionów dolarów. Jest to najdroższa rezydencja w całej północnej części kraju. Trzy lata temu zmarł rezolutny dziennikarz, który szukał sekretów rodziny Yard, a także Villon czy Micali. Od tamtego czasu Gregory'ego Yarda kojarzy się tylko z „MASHTIE". I chwała Bogu.

Przyszła odwilż. W okresie świątecznym, gdy za oknem pięknej willi zamiast śniegu widać obumarłą naturę, zawstydzoną z powodu odkrycia białej kołderki, pozostaje domownikom Villon Pray 13 siedzieć przy ciepłych kominkach, skrobać coś na kartkach papieru lub bawić się z kotem. Pan Yard go uwielbiał, Gregory także.

Poza tym nikt nie przepadał za zwierzęciem.

Służba wręcz nienawidziła stworzenia. Okropna bestia często przemieszczała się po willi w poszukiwaniu szczęścia... niekiedy natrafiła na miotłę jednej ze służących albo but szofera. Pył, bo tak wabił się ów kot, siał niepokój. Jako że nie był urodziwy i budził niemałe obrzydzenie, zadziwiał fakt, że właściciele nie dostrzegali tych cech. Był chyba jedynym, który nigdy nie oddalał się od Villon Pray 13 choćby o dwieście metrów. Stworzeniem był dumnym, ale nie sprawiał kłopotów.

Gregory siedział lekko zgarbiony przy biurku i zapisywał coś w swoim notesie. Robił to codziennie, ale pamiętnikiem owe zapiski z pewnością nie były. Trzy kryształowe żyrandole oświetlały jego białą, porcelanową twarz, czystą i pozbawioną jakiejkolwiek zmazy. W swej samotni czuł się bardzo komfortowo, nikt nigdy mu nie przeszkadzał. Na jednej ze ścian wisiały dwa potężne telewizory wkomponowane w klasyczne ramy obrazu, które wyświetlały zawsze dwie różne stacje informacyjne. Gregory miał w zwyczaju być zawsze dobrze poinformowanym o tym, co się dzieje na świecie.

Jego biurko było sporych rozmiarów, zostało stworzone i zaprojektowane przez przyjaciela ojca, który odwzorował, z prawdziwego szlachetnego drewna, staroangielskie wzorce. Z prawdziwego szlachetnego drewna. Na meblu leżały dwa laptopy, kilkanaście czarnych notesów w skóropodobnej oprawie i pióra, którymi chłopak uwielbiał się posługiwać, telefon ze ściśle limitowanej edycji, jaki posiadało na świecie kilka sław, paczka miętowych gum (pod biurkiem wafelki w złotych opakowaniach, które uwielbiał; miał ich cały karton). Raz na dwa tygodnie życzył sobie, aby dostarczyć mu nowe pudełko z ulubionymi smakołykami. Nie miał problemów z utrzymaniem odpowiedniej wagi. Był dobrze zbudowany jak na swój wiek i sielskie, leniwe z pozoru życie jakie wiódł.

Sesje zdjęciowe z jego udziałem, zawsze imponujące, nie wymagały retuszu. Wchodził do studia Victora, który prowadził go do fotografów. Ci przedstawiali mu swój pomysł i projekt z niebywałą dokładnością. W momencie gdy Gregory był dostatecznie zainteresowany, godził się i po zwiększeniu kwoty na jego koncie przystępował do zdjęć. Nakład pisma był stale na wysokim poziomie. Ludzie, dziewczęta w wieku od jedenastu do... po prostu kochały twarz Gregory'ego Yarda. Stał się on ikoną magazynu „MASHTIE" i księciem współczesnej fotografii.

2

Zima 1998/1999

Dwudziestego czwartego grudnia domownicy zasiedli do normalnej kolacji, niczym nieróżniącej się od codziennych. Gregory zażyczył sobie więcej liści zielonej herbaty TMS, którą uwielbiał. Pan Yard wypił dwie mocne espresso na sen. Nic nie zapowiadało tego, co rzekł, krojąc paróweczkę w serze i francuskim cieście, z pozoru niechlujnie oblaną białym sosem czosnkowym:

— Twoja matka była naprawdę piękną kobietą.

Gregory podniósł wzrok. Siedział na drugim końcu pięciometrowego stołu, naprzeciw ojca.

— Widziałem... na zdjęciach — jęknął oschle.

— Chcę ci powiedzieć, że piękno tej kobiety nie poszło w parze z rozsądkiem i siłą. Była słaba.

— Sama radziła sobie bardzo dobrze. Miała swoje pismo.

— Do czasu. Miała tyle energii, klasy, radości dopóty, dopóki nie zakochała się w lekach i... innych gorszych truciznach.

— Znam tę historię — rzucił beznamiętnie Gregory.

— Znalazłem ją nad jeziorem, zginęła obok swojej wielkiej pięknej willi. Miałeś trzy, cztery—latka. Leżała blada przy nieruchomej wodzie. Miała na sobie cienkie spodenki, w których zazwyczaj spała. Była bez koszulki. Tak chciała, żebym ją zapamiętał. Zawsze kochała się w imponujących, zapierających dech w piersiach, przedstawieniach.

— Nie musisz kończyć.

— Chcę opowiedzieć ci o ostatniej chwili twojej matki! Jej ciało przykryte mgłą. Wtedy było mgliście, poranek, niebo szare. Przedstawienie jej się udało. Ciało było zimne. Wiedziałem doskonale, że już nic nie zrobię. Jesteś taki sam, jak ona.

Gregory wstał i wyszedł. Ojciec tylko spuścił wzrok na talerz, zmarszczył twarz. Była cała wymęczona, zmarszczki ciągnęły się grubymi kreskami.

Z oczu chłopaka leciały łzy.

— Kłamca, kłamca, kłamca! — powtarzał przez zaciśnięte zęby.

Kłamstwo broni czasem wypowiadającego przed nożem okłamywanego. Gregory poznał kilka lat temu inną historię. Znalazł bowiem największy skarb, jaki znaleźć w swym życiu mógł.

Pamiętnik matki.

Został spisany przed śmiercią. Nie zawierał żadnej wzmianki o planach odebrania sobie życia. Wyrażał jednak wiele bólu, wyrosłego na gruncie winy, którą się obarczyła. Gregory próbował znaleźć coś w głowie przez wiele nocy, ale nie pamiętał wypadku samochodowego, który opisała jego matka. Musiał być naprawdę małym chłopcem.

Została zdradzona. Dowiedziała się o tym w najgorszy z możliwych sposobów. Przyłapała męża, pana Yarda, jak na swoim staroangielskim biurku pieścił pewną kobietę. Atrament napotkał opory przy nazwisku „szmaty". Tak tylko została nazwana.

Najgorsza noc za mną.

Za nami.

Nasz dzień zaczął się wtedy wyjątkowo wcześnie. Rankiem, kiedy się obudziłam, padało, ale gdy miałam wychodzić do samochodu, niebo było mlecznobiałe, a nad kominem sterczało żałośnie niewyraźne słońce. Daty tej nie zapomnę nigdy, papież odwiedził nasz kraj.

Wiedziałam, że mężczyzna, który zdradził ciało, które i tak przypisane było jemu, i duszę, która tylko go kochała, nie jest wart obu. Rozbił naszą rodzinę. Małego Gregory'ego przypięłam z tyłu. Trwało to wszystko bardzo szybko. Nie myślałam o tym wielkim gmachu, który stał przede mną, o bogactwie, o niczym. Wiedziałam, że nie będę niewolnikiem. Nienawidziłabym siebie, będąc na łasce pana Yarda.

Zniknął tego dnia. Zaszył się zapewne w swojej fabryce. A może spędzał czas ze szmatą. Drzewa miały piękny wrzosowy odcień, nie mogłam tego nie zauważyć, płakałam. Wsiadłam do auta. Spojrzałam w stronę jeziora Pray. Tak, jestem silna. Zawsze byłam.

Wyjechałam i poczułam tę ulgę. Mały spał. Było już widno, jechaliśmy jakieś dwadzieścia minut. Zjechałam z drogi głównej w kierunku ronda. Rozpadało się, gruby deszcz walił w szyby, a w górze groźnie wisiały czarne chmury. Nie wiem, jak mogłam tego nie zauważyć, jak mogłam do tego dopuścić.

Nagle na rondzie czas wyraźnie zwolnił. To, co zobaczyłam przed sobą, tuż za szybą samochodu, przeszyło mnie na wylot. Przez sekundę myślałam jeszcze, że to nie to, co myślę, że się uda, że ten z przodu będzie szybszy. Ale byliśmy zbyt blisko. Odruchowo chyba całym ciałem drgnęłam, jakbym myślała, że zdołam w ten sposób przesunąć samochód... i nie dopuszczę do zderzenia.

Potężny huk i darcie metalu rozległo się w sekundę potem, jak zobaczyłam drzwi pasażera nowego srebrnego forda przede mną. Widziałam już tylko, jak zatacza koło i wpada w serce ronda, którego kwiaty układały się w uśmiechnięte WITAMY W VILLON PRAY. Mój samochód obkręcił się o sto osiemdziesiąt stopni i znów ukazała mi się droga do Villon Pray 13.

Obróciłam się, mały płakał. Jeśli mi z przodu nic nie było, i jemu nic nie powinno się stać.

Złamałam tylko obojczyk. Bardzo mocno mną szarpnęło, kiedy doszło do zderzenia. Płakałam, nie mogłam nic powiedzieć. Pojawiła się karetka, jacyś ludzie, policja, paparazzi.

Po wizycie w szpitalu wróciłam do willi. Nie widziałam męża. Kazałam przygotowywać posiłki do pokoju. Miałam założony gips. Lustra zostały z pokoju wyniesione. Gregory'emu nic się nie stało. Coś jednak stało się ze mną.

Przyjmowałam dużo leków, ponieważ wizja, że mogłam pozbawić życia mojego synka, nawiedzała mnie każdej nocy. Czułam się winna. Czułam winę w mężu.

On...

nie czuł.

Gregory przez pierwsze noce po przeczytaniu wspomnień miał sny. Śniła mu się zimna kobieca twarz, która wyłaniała się z jeziornych wód. Jej twarz zajmowała prawie całą połać jeziora. Grubym głosem wołała: „ON NIE CZUŁ". Powtarzała to, aż obudziła syna.

Słowa te wryły się w pamięć chłopca dokładnie. Nie śnił już więcej, a może nie pamiętał żadnego snu. I bardzo dobrze.

3

Moich świąt także nie uznałbym za specjalnie udane. Nie przepadam za tym okresem w roku. W moim pokoju rozległ się sygnał telefonu. Szósta już osoba wysłała mi identyczny wiersz — bożonarodzeniowe życzenia. Siedziałem w swoim ciasnym pokoju wielkiej willi. Po ósmej pokojówka poprosiła, abym zszedł na kolację, którą przygotowała ekipa. Po dziesiątej zaczął padać gęsty śnieg. Gdy zjadłem, usiadłem w skórzanym fotelu przy kominku w salonie, w głowie miałem to skaczące płomienie, to tańczące płatki śniegu. Byłem jak zahipnotyzowany. Cofnąłem się do czasów przedszkolnych... pamiętam ten okres bardzo dobrze.

Ostry ból przeszył mi głowę. Zerwałem się na nogi i wszedłem do łazienki. Rozebrałem się i udałem do kabiny prysznicowej. Odkręciłem zimną wodę. Silny strumień rozbił się o moją głowę, spływał po ciele. Nagle coś mnie objęło, a woda zrobiła się gorąca.

— Niespodzianka. Wesołych świąt.

Byliśmy nadzy. Na mojej twarzy pojawił się uśmiech, kabina zaparowała.

POŁĄCZENIE.

Nazajutrz o godzinie piątej po południu nie byłem już sam przy świątecznym stole. Nie śpiewaliśmy kolęd, nie czytaliśmy fragmentu Biblii. Trochę jadłem, trochę stukałem w klawiaturę komputera. Spoglądałem w drugą stronę stołu i rzucałem uśmiechem, po czym mój wzrok wędrował na mój biały fortepian w salonie. Nic jednak nie widziałem, myślami byłem gdzie indziej. Do wieczora wiedziałem, że mój związek nie ma sensu. Gdy zamykałem oczy, czułem, jakbym miał zemdleć, robiło się jaśniej. Byłem osłabiony i przygnębiony. A może tylko znudzony? To przez tę pogodę.

ROZDZIAŁ DRUGI

○○

R

1

Oślepił mnie blask świateł. Śmiałem się całą noc. Tego właśnie potrzebowałem. Piliśmy jakieś drinki, paliliśmy coś od Batty'ego. Muzyka wierciła mi w głowie. Mój ulubiony klub. Byliśmy jak zawsze w R. Wspaniały, wielki klub z najlepszymi didżejami w tym rejonie. Tutaj zaczyna się i kończy życie... życie błogie, beztroskie. Dzikie utwory w bajecznych remiksach porywały mnie na parkiet, zostawiając resztę zajętą paleniem. Zbliżała się wiosna i nasze zimowe zabawy miały dobiec końca. To z pewnością ostatnia tak spokojna, o ile można ją nazwać spokojną, noc w klubie R. Na początku stycznia Oliwer wraca z Nowego Jorku, aby otworzyć kolejny rok z...

Oblał mnie drinkiem albo i piwem... następnego dnia nie będę pamiętał, kto czym mnie oblał. Marco tylko się uśmiechnął i rzucił się w tłum spoconych, tańczących bestii. Śmiałem się. Przed północą zdołałem odczytać wiadomość od Oliwera. Wiedział, że nie próżnujemy i ostatnią wolną sobotę spędzamy w R. Oliwer jest wysoki. Mówił, że zawsze był najwyższy w klasie. Jego pozycja stale rosła, jednak nie za sprawą bogatych rodziców czy bogatszego dziadka, którego zawsze był ulubieńcem. Nie, Oliwer Micali to wspaniały młody człowiek. Nie ma drugiego takiego, nie znam nikogo o takim charakterze, usposobieniu i podejściu do drugiego człowieka. Dlatego jest on naszym...

Tego było już za wiele! Marco zwymiotował na jakąś piękną nieznajomą. A zaraz potem Sergiusz złapał go swoimi potężnymi rękoma i zawlókł do męskiej toalety. Poleciałem za nimi. Zauważyłem, że i Sergiusz ma już nieźle. Jednak taki jak on jest nie do zdarcia. Nie był wcale wysoki, nawet nieco niższy ode mnie. Ale za to częściej odwiedzał siłownię i albo to zasługa sterydów, albo faktycznie ciężkiej pracy; Sergiusz był potężny. Znał Oliwera dłużej ode mnie. Znali się z piaskownicy. Marco z kolei urodził się jako pierwszy z dwóch synów pewnego bankowca ze Stanów. Studiował tutaj. Klub R był jednym z tych, do których chodzą wschodzące gwiazdki, dzieci bogatych rodziców, ale i celebryci z każdej dziedziny sztuki. Niektórzy naturalnie tutaj się nie pojawiają, ale są i tacy, z którymi spokojnie da się wypić.

Ktoś coś do mnie mówił, nie kontaktowałem. Kończyłem kolejną szklankę.

— Kochasz to! — krzyknął Batty.

— Co takiego? — Spojrzałem na niego. Był czerwony na policzkach, pijany i śmiał się do siebie.

— Ciała! Kochasz te ciała!

— Tak, tak... Kocham je wszystkie.

Wszystkie ciała w światłach, pocie i muzyce zlewały mi się. Tutaj nikt nikogo nie zna, przynajmniej tak to ma wyglądać... Jedynie muzyka jest w stanie połączyć. Ale tylko na te kilka klubowych godzin. Potem każdy jest sobą. Osobą medialną. Poza Sergiuszem. On jest tylko przyjacielem Oliwera. Przychodzę tu świetnie się bawić. Tym bardziej dziś. Bawimy się w rytmach naszych największych gwiazd. Kilka osób na sali wie, że następnego dnia na lotnisku wyląduje samolot Oliwera, wrócimy do jaskini, do La Forêt de Colin w miejscowości Loley. Wrócimy tam, jak co roku, aby przywitać nowego członka eXst eXiste...

Nazywam się Tristan Roance. Jestem pisarzem. W zasadzie jestem w klubie nocnym R razem z wyjątkowymi celebrytami i Sergiuszem, który jako jedyny zarabia na życie, pracując w warsztacie naprawczym dla tirów. Zaczęło się po godzinie dwudziestej pierwszej. Przyszliśmy do prawie pustego klubu. Zaczęliśmy jednak starterem u mnie, gdzie opróżniliśmy dwie butelki wódki. Na wejście dostaliśmy darmowe drinki od najseksowniejszej kobiety, jaką znam — sześćdziesięcioletniej właścicielki klubu, która traktowała nas zawsze jak swoich przyjaciół. Ubrana w czarne wdzianko, o nienagannej figurze i jak mawiała: „wciąż swoich długich, ciemnych włosach". Była cudowna.

Wszyscy ją uwielbialiśmy. Przede wszystkim za jej humor, często uszczypliwy i rubaszny. Nikomu nigdy nie zrobiła krzywdy, a my często odwiedzaliśmy właśnie R. Marco żartował z nią pół godziny, zanim dołączył do nas i do tłumu tańczących bestii, które zdążyły już nadejść. Klub słynął także z zeszłorocznych odwiedzin gwiazdy muzycznej światowego formatu, która pojawiła się w towarzystwie swojej ówczesnej dziewczyny i didżejki.

Mowa oczywiście o Danielu Rosserze.

Niektórzy są tak pijani, że nie są w stanie podjąć rozmowy. Czas zbierać się do domów i zacząć trzeźwieć. Humor Oliwera w okresie przedwiosennym bywa bardzo zmienny. Dlatego lepiej nie narażać się Głównemu Przewodniczącemu naszego stowarzyszenia.

Spoglądam na kilku ludzi przede mną, dwie aktorki i jakiegoś biznesmena. Patrzą na wulkan energii wybuchający na parkiecie. Marco. Jest dość pijany. Wrócił z toalety i wiedział, że nie usiedzi spokojnie. Puszczam oko do Sergiusza. Ten przebija się przez tłum i odprowadza Marca do wyjścia. Trzeba umieć powiedzieć sobie dość.

Wychodzimy: Ja, Sergiusz, którego imienia nie używamy, ponieważ Oliwer zwraca się do niego Agamemnon. To taka ksywka z piaskownicy. Za młodu był rozrabiaką. Więc tak też się przyjęło. Pomaga „iść" koledze.

Był też z nami Batty, który załatwił jak zawsze towar z najlepszej półki, ale opuścił nas nieco po pierwszej.

Nie, nie, nie! Zatrzymuję się, daję telefon Agamemnonowi, aby załatwił taksówkę. Zostaję jeszcze dla jednej piosenki. Didżej puścił *I Need Jesus In My Disco*, nowy singiel promocyjny z nadchodzącego albumu wielkiego Daniela Rossera. Mój ulubiony artysta, kontrowersyjny zresztą. Słucham do końca, potem wychodzę i odpalam już zwykłego papierosa. Agamemnon klnie i woła, abym się pospieszył. Wracamy do swoich domów. Zostało kilka godzin. Czas, aby dojść do siebie. Sergiusz najpierw się uśmiecha, a potem grozi Marcowi, żeby ten wziął zimny prysznic i był gotowy na spotkanie z Oliwerem.

Najbardziej zapomnieć o nocy będzie chciał z nas wszystkich Marco. Bez alkoholu jest bardzo sztywnym człowiekiem.

Jestem mieszkańcem Aparash Ballar Roance. Tak, to nie zbieg okoliczności, że moje nazwisko jest identyczne, jak fragment nazwy kolonii, w której mieszkam, ale to zbyt długa historia. Z pewnością nie na dzisiejszą noc. Sam muszę do siebie dojść. Chociaż myślę, że i tak jestem z nich najbardziej trzeźwy.

Klub znajduje się w mieście Mirror. Dlatego też najpierw odwieźliśmy Agamemnona i Marca do Loley. Ta wieś jest miejscem, w którym jak już wspomniałem, znajduje się siedziba eXst eXiste oraz domy Oliwera, Sergiusza i Marca. Zostaję ja i taksówkarz. Jedziemy z Loley do Aparash Ballar, by za niewielkim wzgórzem znaleźć się w kolonii Aparash Ballar Roance. Mam wielki, piękny dom... ale o tym także nie czas.

Rano wybieram się na zakupy. Zaproszę znajomych na obiad. Oliwer jest punktualny. Z nim nawet samolot nie ma prawa się spóźnić. Tak jak zapowiadał, wylądował w Mirror o czwartej po południu. Odczytał ode mnie e-mail o spotkaniu w moim domu. Kazał zaprosić Agamemnona i Marca, co uczyniłem jeszcze przed wejściem do R. Z pewnością miał dla nas kolejne nazwisko. Kolejnego wybrańca do stowarzyszenia eXst eXiste. Czułem to podniecenie jak za każdym razem, kiedy przyjmowaliśmy kogoś nowego. Ostatni był Julian Bert, najmłodszy zresztą, bo mający lat osiemnaście. Było to w zeszłym roku.

Z rana obejrzałem swój ulubiony serial, zjadłem śniadanie około szóstej. Nie spałem. Wziąłem zimny prysznic, zrobiłem zakupy w markecie. Dla porównania ze zdjęciami z wczorajszej imprezy jakiś paparazzi pstryknął mi kilka nowych. Nie wydaje mi się, abym wyglądał źle. Nie wydaje mi się także, abym się tym zbytnio przejmował. Uśmiechnąłem się pogardliwie. Wróciłem do domu. Jeśli można to nazwać zwykłym domem. Wielki, trzypoziomowy budynek, który odkupiłem od starego lorda. Za co? Wspominałem, że jestem pisarzem.

Zaczęło się jakieś cztery lata temu, kiedy świat zwariował na punkcie mojego pierwszego dzieła. Dalej, jak to już w tym materialnym świecie bywa — komercja pożarła moją książkę, adaptacja filmowa, gadżety, wpływ na muzykę i temu podobne. Wiem, że stworzyłem coś niezwykle dobrego, coś, co sprawiło, że nie dbam o wartości, które utrzymywały mnie kiedyś przy życiu. Dziś mam za co imprezować, za co mieszkać. Czego chcieć więcej w tym materialnym świecie? Brzydzę się nim, choć, jestem jego elementem.

Mamy koniec ciężkiej zimy roku 1999. Za pewien czas wejdziemy w zupełnie nowe tysiąclecie. Musiałem ogłosić kontynuację mojej książki. Wydawca błagał o kilka tomów, więc po otrzymaniu zadowalającego kontraktu... zgodziłem się. Nie miałem tego w planach. I tak się zestarzeję, i tak umrę... zostawię po sobie ślad. Niech każdy wie, co znaczy Tristan Roance.

Śnieg zniknął około czwartej po południu. Goście pojawili się po siódmej, wieczór był przyjemny. Przyjechali każdy swoim samochodem, ale o tej samej porze. Nie mogłem tego zobaczyć. Wprowadziła ich moja pokojówka, oznajmiając, że nie jestem w stanie się z nimi widzieć, mimo to zapraszam na obiad do salonu i pozdrawiam. Oliwer musiał być wściekły. Ja? Leżałem pijany w swoim pokoju. Zrobiłem to po powrocie z zakupów. Przecież nikt nie śmiałby mi tego zabronić. Cała moja pracowita i kochana obsługa krzątała się po rezydencji, dbając o ten ład, który ja zawsze niszczyłem. Zarabiam na to.

Otworzyłem oczy, powoli. Czułem się okropnie. Było już ciemno. Nie wytrzeźwiałem od dwóch dobrych dób. Za oknami, na niebie, było kilka gwiazd. Resztę ukryły chmury. Nieco później zorientowałem się, że to mgła. Mgła kojarzy mi się zawsze z niewiadomą, poczuciem zagrożenia, ale i beznadziejną niewiedzą. Pojawia się i snuje niepokój, ale co z nim robić, skoro nie wiem, co nadejdzie. No i przywiodła zdenerwowanego Oliwera, który został przeze mnie źle potraktowany.

Oliwer stał przy moim oknie. Jedyne co z siebie wydusiłem, to ciche: „Cześć". Nie odezwał się. Zaśmiałem się głośniej, niż przewidywałem. Odwrócił się i zrobił tę standardową obrażoną minę z dodatkiem wyłupiastych, niedowierzających oczu. Zabawny był w tym momencie jak nigdy. Spytałem, czy podróż minęła spokojnie. Głupie pytanie. Jak mogła minąć podróż prywatnym, luksusowym odrzutowcem? Pokręcił głową i wyszedł, a kiedy zamykał drzwi, powiedział, że jutro chce mnie widzieć u siebie w idealnym stanie.

Nie jestem głupcem. Zdaję sobie z tego sprawę. Może i zawiodłem go nieco, ale nie dbam o to, zadbałem przecież, aby koledzy nieźle się wybawili w ostatnią wolną noc przed powrotem na spotkania eXst eXiste oraz o obiad dla nich po powrocie Oliwera. Czy aż tak byłem im w salonie potrzebny? Wątpliwe. Obróciłem się na drugi bok i zasnąłem.

2

Najcięższa walka z korzeniem, który z nas głęboko w ziemię wrasta...

Zbliżała się północ. Srebrzysty księżyc oświetlał znużone snem uliczki miasta. Ona kładła się spać po pracowitym dniu. Wciąż dokuczał jej ból w dłoniach tu i ówdzie pokaleczonych. To, co stało się w chwilę potem, przerosło jej najśmielsze oczekiwania. W jej małej izbie pojawiło się czyste, białe światło, które rozjaśniło najdrobniejszy kąt pomieszczenia, wypływając okienkami na zewnątrz. Niewiele zauważyła, ale co do jednego miała pewność. Postać, która pojawiła się przed nią, na pewno miała skrzydła.

Twarz anioła była bez wyrazu, jakby znajdował się za mgielną osłonką. Dopiero po pewnym czasie spojrzał jej prosto w oczy, a ta upadła na kolana, drżąc na całym ciele. W oczach miała łzy. „Nie bój się" — usłyszała cichutki szept przy uchu, mimo że anioł nie poruszał ustami. „Twój Bóg pragnie, abyś porodziła Jego Syna. Duch Święty zstąpi na ciebie. Czy spróbujesz tego błogosławieństwa?". Poczuła ogarniające ją ciepło. Anioł złapał ją za ręce, z których zniknęły rany. „Czy jesteś gotowa? Dziecię twe będzie wielkie, królestwo niebieskie będzie Jego. Jednak oboje doznacie wielu cierpień". Nic nie odpowiedziała. Zamknęła oczy i pokornie skinęła głową. Błyskawica przecięła niebo, na pustej uliczce pojawił się otulony aksamitną szatą czerwonoskóry mężczyzna i spoglądał w stronę drzwi domu.

Anioł jednak spojrzał za okno, a ciemna postać zniknęła.

Wkrótce potem w wietrzny wieczór Maryja wraz z Józefem szukali schronienia, bo nastał dzień narodzin. Na bezgwiezdnym niebie eksplodowało złociste ciało, którego warkocz prowadził trzech mędrców ze Wschodu do stajenki, gdzie w sianku, okryty kawałkiem maryjnego sukna, przyszedł na świat Jezusek. Z krwi wyjęty na kawałek sukienki. Boże! Niech nie brudzi się biedaczek! Niech nie klei do ziemi, nie oblepia piaskiem. Połóż go na sukni, wytrzyj. Co zrobisz z pępowiną? Spokój ogarnął matkę. Chór aniołów zagrał najpiękniejsze pieśni... zbierali się wokoło chłopi...

Sen pierwszy

Budzik zaczął rozdzierać ciszę. Czerwone światełka na choince zaczęły wbijać mi w oczy swoje igiełki. Poczułem nieprzyjemne ciepło w tyle głowy... Pierwszy sen traktuje o narodzinach Najwyższego. W dziele sny pełnią kluczową rolę, zatem otwarte zostały narodzinami samego pojęcia snu. Nie chcę odczytywać go jako proroczego, nie na tym polega badanie snu. Rodzina stanowi kontrast dla świata, który reprezentuję, obojętnego na święta. Ani ja, ani ludzie, o których opowiem, nie tworzą pełnych rodzin. Nawet nie chciałbym używać słowa „szczęśliwych". Święta zatem są dla wielu niepotrzebnym obowiązkiem.

Możliwe, że ten sen tylko zmyśliłem. Możliwe, że nigdy nie zaskoczył mnie nocą. Chcę jednak byście uważali go za sen, który stał się narodzinami innych.

ROZDZIAŁ TRZECI

SEN
O BIAŁYM PAŁACU

1

Różnica między dobrem i złem jest taka, że zło kompromisu nie uznaje.

W drugim tygodniu stycznia nasiliły się opady śniegu, co znacznie popsuło samopoczucie pana Yarda. Kilkakrotnie nie pojawił się na kolacjach, co Gregory starał się bagatelizować. Któregoś wieczoru chłopak wstał od stołu i udał się do prawego skrzydła Villon Pray 13, gdzie znajdował się jego azyl. Urządzony w staroangielskim stylu z podobnym biurkiem do tego, przy którym pracował pan Yard. Ściany pomieszczenia obłożone były idealnie poukładanymi książkami. Przed biurkiem, ale naprzeciwko drzwi, znajdowała się zdobiona skrzynia, w której chłopak trzymał swoje prywatne zapiski i notesy. Nie była to skrzynia szczególnie zabezpieczona, ponieważ tylko Gregory i sprzątaczka wchodzili do tego pomieszczenia.

To w niej znajdował się cały dorobek umysłowy, jaki dotąd zdołał spisać. Usiadł przy laptopie i zaczął odpisywać na trzy wiadomości. Adresatami byli Victor (od niego były dwie wiadomości) i fotograf magazynu. Kiedy to zrobił, podszedł do sofy, pogłaskał swego kota i rzekł:

— Wiesz, mógłbym napisać pracę o moich pozbawionych sensu monologach wygłaszanych tobie.

— Pozwolił sobie na krótki uśmiech. Miał ciepły, balsamiczny głos. — W istocie inaczej nie potrafię, co daje ci wielki plus.

Pył tylko mruknął, co było podobne do odgłosu paznokci przeciąganych po szkolnej tablicy, ale to nie zrobiło na Gregorym większego wrażenia. Zwierzę wstało na swych chudych nogach i skoczyło w kierunku grzejnika, który wyglądał znacznie sympatyczniej niźli ów kot. Przyjemniej wygląda kot perski po wyjściu z wody. Gregory włączył swoje wielkie telewizory, a na jednym z nich pojawił się znany mu człowiek. Był to Alexander Micali, lecz u jego boku pokazał się ktoś jeszcze. Miał kamienne spojrzenie mimo młodego wieku. Nie był to błądzący wzrok ani tępy wyraz twarzy, ale spojrzenie człowieka, który twardo stąpa po ziemi. Być może był rówieśnikiem Gregory'ego. Miał lekko rozczochrane włosy koloru rdzawego, krótko i elegancko ścięte. Ze skupieniem przysłuchiwał się przemówieniu dziadka, do momentu, kiedy prowadząca zwróciła się do niego:

— W studiu jest z nami także, wydawać by się mogło, najmłodszy pretendent do objęcia po dziadku funkcji szefa firmy, Oliwer Micali. Czy to zbieg okoliczności, nazwa firmy i pańskie imię?

— Firma mojego dziadka powstała grubo przed moimi narodzinami, jednak myślę, że wiadome było już wtedy, kto zostanie jej szefem i następcą wielkiego Alexandra Micalego. — Oliwer uśmiechnął się. Było coś wyjątkowego w tym uśmiechu. Mimo to cała ta przyjemność nie trwała długo.

— To mój ukochany wnuk, któremu niezmiernie ufam — wtrącił lord — i wiem, że objęcie tak odpowiedzialnej posady po mojej śmierci, nie osłabi pozycji firmy na świecie.

— Czym dotąd zajmował się pański wnuk? — spytała reporterka.

— Dorastał, to dobry chłopak. Poznawał, czym się zajmowałem przez lata. Tyle mogę powiedzieć.

Gregory uniósł lekko brwi i przełączył na inny program. Znał doskonale Alexandra Micalego, ale nie miał przyjemności poznać jego wnuków. Wiedział, że jest bliskim powiernikiem jego ojca.

Później zwrócił swą uwagę na widok zniszczonej budowli religijnej w telewizorze, a dolna warga lekko mu opadła. Wychwycił jedynie kilka słów: „zamachowcy", „terroryzm". Wyłączył telewizor. Westchnął ciężko i zasnął. Po przebudzeniu podszedł do jednego z regałów i sięgnął po nową książkę. Przeczytał na głos, spoglądając na kota co akapit, po czym rzekł z przejęciem:

— Strach myśleć, że cię to nie przeraża, Pyłku.

2

Tego dnia była mgła. Zatopiła miasto w gęstej szarej masie. Beznadziejnie się czułem. Wolny dzień, może niedziela. Sobota! W niedzielę interesowałyby mnie podstawowe wiadomości dotyczące poniedziałkowych zajęć. Siedziałem przed komputerem. Dryfuję sam, nie wiem dokąd. Leżę... wolny dzień jest tragedią dla człowieka takiego jak ja. Mógłbym spotkać się z przyjaciółmi, mógłbym wyjść na basen, do kina, na obiad. Nie mam przyjaciół!

Spałem. Od spania powyżej piętnastu godzin czuję się, jakby ktoś mnie pobił. Gdy budzę się, staram przypomnieć sobie sen. Sen rodzi się w głowie nie bez powodu. Choć w moim przypadku dziś sen zrodziła mgła. Tak też się rozpoczął. Mgłą! W tej szarości wydawać by się mogło, że widać pewien blask, blask słaby, ale pozornie istniejący. To marzenie wyrwania się z tej szarości sprawia, że człowiek, który kroczy we mgle, zaczyna mieć... nadzieję.

Czasem z mgły faktycznie coś się wyłania, lecz nie jest to tym, o czym marzymy. To trochę zabawne, kiedy uśmiech znika z twarzy na widok auta bądź koni pędzących na śniącego. Oczywiście wcześniej istnieje jakiś znak. Znak dźwiękowy, mgła na szczęście nie zagłusza tupotu zwierząt czy warkotu samochodu. Ale cóż z tego. Stajemy na drodze nie wiadomo skąd.

Pojawiamy się, intruzi, w miejscu pełnym życia. To życie biegnie swym naturalnym torem... Bezczelny stoję pośrodku toru dla koni?

SEN DRUGI

Gęsta mgła ogarnęła całą przestrzeń przede mną. Nic nie widziałem. Szedłem prosto, niepewnym wolnym krokiem, rozglądając się z nadzieją wokoło. Spojrzałem w górę, gdzie nagle nieco pojaśniało. Zobaczyłem ciemne niebo i żelazne chmury — wielkie, szare i połyskujące obłoki — wokół srebrzystego księżyca wiszącego ciężko jak błyszcząca bombka na choince. Zrobiło się zimno, bardzo zimno, stałem w samych bokserkach otoczony zewsząd mglistym płaszczem. Ciało mokre od potu i... krwi, z której obecności nie zdawałem sobie sprawy, błyszczało w blasku księżyca. Gęste czarne strugi płynęły po długich rękach, pozostawiając plamy na kamiennej alejce. W chwilę później poczułem się, jakby ktoś wbijał mi setki noży w ciało. Zdawało mi się, że nie tyle czuję, ile widzę bezlitosną, mroźną twarz powietrza. Słyszałem tylko ciche pomruki, ktoś szeptał, a może szepczących było wielu. Ostry cios w kolana i upadek na ziemię. Nie wiadomo skąd ani dlaczego. Ból ustał prawie tak szybko, jak się pojawił, a mroczne niebo znów przysłoniła mgła.

Nie miałem siły wstać, kiedy usłyszałem dziwny odgłos — z każdą sekundą narastający i jakby zbliżający się tupot. Wnet mglistą gęstwinę przebiły dziesiątki dyliżansów zaprzężonych w robiące wielki hałas śnieżnobiałe lipicanery. Podskoczyłem przerażony i próbowałem uciec im z drogi. O mały włos nie zostałem stratowany przez jednego z tych pięknych koni, ale wciąż nadbiegały kolejne. Upadłem twarzą w kałużę. Zamknąłem oczy i zacisnąłem zęby...

Nic się nie stało, wręcz przeciwnie — dźwięki ustępowały. Powoli i niezbyt chętnie uniosłem powieki. Nic. Wstałem i obróciłem się. Wszystkie dyliżanse jechały teraz prostą, kamienną alejką w stronę jakiejś rezydencji otoczonej drzewami. Majestatyczna budowla świeciła z oddali białym blaskiem. Ku własnemu zdumieniu ruszyłem w tamtym kierunku. Serce wciąż biło mi szybciej niż normalnie. Czułem, że robi mi się gorąco, a żyła na skroni pulsowała nieprzyjemnie...

Obudziłem się. Serce jednak nadal wariowało. Ten sen i biały pałac stał się przyczyną sukcesywnego debiutu mojej pierwszej książki. Kiedyś opowiem o tym więcej.

3

Świat wokół jakby się do mnie uśmiechał, barwy jego wyostrzyły się i zrobił się głośniejszy...

O tak. Zbyt głośny!

— Podnieś ręce jak papież. Zrób, jak mówię! — rzekł do mnie Oliwer Micali w kilka, może kilkanaście dni po tym, jak o książce zrobiło się głośno.

— Co?! — spytałem zdziwiony, ale podniosłem je. Tłum zawył. Szał. Nie wiedziałem, co o tym sądzić. Widziałem uśmiechnięte buzie, zapłakane, wrzeszczące.

— Sława jest w eXst eXiste. Nie tylko ona. Mamy władzę. W modlitwach będą wspominać twoje imię. Będziesz większy niż Jezus. To jest tutaj. Spójrz na nich, pożarliby cię żywcem. Tak cię kochają — zapewnił.

— Kochają moją książkę.

— Daj im więcej... miłości. Oni dadzą ci sławę i władzę nad sobą. Chcesz tego.

— Chcę...

Oliwer się uśmiechnął. „Będziesz eXst" — pomyślał.

— Otwórz umysł, daj sobie zamieszać.

Kolejne tygodnie były piekłem. Z tęsknotą czekałem na każdy telefon Oliwera. Zostałem sam. Wynajmowałem apartament w Aparash Ballar za pieniądze Micalich. Nie mogłem się poruszać, opuszczać apartamentu. Na ulicach koczowali paparazzi. Prasa codziennie donosiła o moim życiu. Nic nie było prawdziwe, niczego się dowiedzieć nie mogli. Oliwer poinformował mnie, że czeka nas sporo pracy. On wiedział, co zrobić, bym miał życie i spokój. Miał mnie przygotować do kilku oficjalnych wywiadów.

Siedziałem z ręką na ustach, przerażony. Każdego dnia. Okna były pozamykane, było duszno. Ale nie mogłem znieść wycia i płaczu spragnionych fanów. Słyszałem każde uderzenie *O Verona*. Jak żaden inny utwór pasował do sytuacji, w jakiej się znalazłem. Znałem go doskonale. Uwielbiałem.

4

Może w przyszłości okaże się, że wielbienie umysłu nie wyjdzie nam na złe...

Mam na kasecie VHS nagrany swój pierwszy wywiad telewizyjny. Rozmawiałem z jedną z najlepszych reporterek w kraju:

— Witam młodego rewolucjonistę — rozpoczęła reporterka, która po wywiadzie, kiedy kamera została wyłączona, wsunęła mi w dłoń swój numer telefonu.

— Rewolucjonistę! — Zacząłem się śmiać. — Czyżbym aż tak bardzo namieszał?

— Cóż za skromność! Niewątpliwie, gratulować mogłabym bez końca.

Mój wzrok zabawnie błądził, patrzyłem to w jej oczy (zawsze patrzę), to na kamerę. Mówiłem spokojnie.

O wszystkim co działo się wokół, informowali mnie moi nowi znajomi z eXst eXiste. Oliwer Micali został moim przewodnikiem po ukazaniu się mojego dzieła. Chciał mnie strzec przed tym, co miało się wydarzyć. Świat postradał zmysły po ukazaniu się mojej pierwszej książki *A house without an address*.

Zarobiła kolosalne kwoty. Miała ogromny wpływ na ludzi, byłem tego świadomy. Pisałem ją długo. Wszystkich zaskoczyło także, jak młody jest jej autor. Terminem „dom bez adresu" określono nawet w naszej grupie wejście do siedziby eXst eXiste. Nie do końca byłem w stanie udźwignąć ciężar odpowiedzialności, jaki wówczas na mnie spadł. Prasa interesowała się wszystkim, a ja musiałem bardzo uważać na to, co mówię. Popularność nie była jednak jedyną nagrodą. Książka otrzymała wiele prestiżowych nagród w roku publikacji oraz w następnym, co zapisało się trwale na kartach historii... Pisano wówczas o tak zwanej blokadzie. *A house without an address* zablokował innym pisarzom szansę zdobycia tych „prestiżowych nagród" na kolejne dwa lata.

— Myślisz, że i w przyszłym roku twoja książka otrzyma nagrodę?

— Nie zależy mi na biciu rekordów. Moja książka pozwoliła ludziom odkryć coś w sobie. To największy sukces.

Wtedy tak nie piłem ani nie paliłem. Dlaczego zacząłem? Świat zakręcił się za szybko. Tym bardziej dla tak młodego chłopaka jak ja. A ludzie czekali i nadal czekają na drugą książkę. W chwili, gdy wydałem pierwszą, eXst eXiste stanowiła jeszcze grupa pokolenia ojca Gregory'ego. Dopiero rok później władzę miał przejąć Oliwer. Jednak od roku przygotowywany był już do przewodniczenia. Dlatego postanowił szukać sobie wyjątkowych kompanów. A ktoś taki jak ja, kto znalazł się już na językach całego świata, kogo książka zawładnęła umysłami, był perłą idealnie pasującą do kolii eXst. Oczywiście w wywiadzie nie mówiłem ani słowa o stowarzyszeniu.

— Książka spotkała się z niezrozumieniem Kościoła. Wielu biskupów nawoływało do bojkotu dzieła. Czy chciałbyś coś na ten temat powiedzieć?

— Dlaczego nie — odparłem, miała nieco wystraszoną minę. Spodobała mi się, była niewiele starsza ode mnie. — Kościół obraził się, ponieważ nie zrozumiał pewnego przesłania...

— Tak zwykle bywa z przesłaniami artystów. Chodzi o postać księdza z twojej książki?

— Tak. Chodzi o księdza, który choć jest dobrodusznym człowiekiem, nie potrafi uczynić, aby młodzi ludzie zainteresowali się tym, w co on wierzy. Mówiąc łagodnie. — Uśmiechnąłem się serdecznie.

— Rozumiem, że ty także nie wierzysz i twój fikcyjny ksiądz cię nie przekonuje.

— Zależy mi na tym, aby ludzie to zrozumieli. Szpila, jaką wbijam Kościołowi, którego w książce reprezentuje ten ksiądz, nie jest nasączona jadem złośliwości. Chyba jestem na niego zbyt młody. Widzisz, ludzie nie chcą słuchać już Kościoła. Nie mówię o wszystkich. A może źle to określam. Ludzie nawet jeśli słuchają, to nie biorą sobie tego do serca. Wina jest w księżach właśnie, którzy czerpią z tego, co ty nazwiesz tradycją, a ja przestarzałą ideologią. Świat czuje pociąg do antyku... Biblia i mitologia są już przestarzałe. Niedługo wejdziemy w dwudziesty pierwszy wiek, nadal trzymając się tego, co już nas nie powinno dotyczyć...

— Chcesz zrezygnować z zasad moralnych... z dorobku Biblii? Z wpływu, jaki wywierała na ludzkość przez wieki?

— Czy naprawdę ludziom inteligentnym potrzeba Jezusa Chrystusa, który powie, co jest dobre, a co złe? To jakbyś trzymała się kogoś, kto myśli za ciebie. Kiedy ludzie w końcu zaczną wierzyć w jedynego „boga", jakiego noszą pod włosami? Kiedy ludzie zauważą, że prawdą jest posiadanie mózgu? Jeśli się zorientują, że jedyny boski obiekt, który wielbię, to mój mózg, wtedy powinni się zabrać za trenowanie swoich. Może w przyszłości okaże się, że wielbienie umysłu nie wyjdzie nam na złe.

— To mocne słowa.

— Nie wydaje mi się. To proste słowa. Najprostsze słowa, które zdają się być tak trudne do pojęcia. Tutaj kryje się sukces mojej książki *A house without an address*. Nigdy by nie powstała, gdybym nie ocenił tego, co znam z historii...

— Historię należy zapomnieć, a może pamiętać tylko sukcesy?

— Zależy, co uważasz za sukces. Wygrana wojna? Bitwa? Wygrana, która niesie ze sobą śmierć? Nie. Z tego właśnie zrezygnowałem. Zakochany jestem w dwudziestym wieku... w kinie lat pięćdziesiątych i muzyce lat osiemdziesiątych, ale nie tylko! Te czasy są nam bliższe, te czasy mają sens. Wiesz, dwudziesty wiek, który nam się powoli kończy, jest jak nowa starożytność, nowy antyk, z którego grzechem będzie nie czerpać inspiracji w nadchodzącym dwudziestym pierwszym wieku. W dwudziestym wieku nasi dziadkowie zmierzyli się z najgorszym. Pierwszą i drugą wojną światową. Muszę to pozostawić bez komentarza. Na tę chwilę chcę się od zła wojny odciąć.

— Jesteś rewolucjonistą. Czy w tym momencie tak się czujesz?

— Niech ci będzie. Mogę to powiedzieć, bo nade wszystko szanuję swoje przekonania. Ktoś musi. Jednak rewolucja nastąpi wówczas, gdy to ludzie spojrzą na świat i życie w podobny mi sposób.

— Czy Biblia ci przeszkadza?

Chwila ciszy. Poczułem się nierozumiany, jakbym tłumaczył małej dziewczynce kilkakrotnie prostą regułę.

— Nie! Nie chodzi o nią samą, choć niewątpliwie jest przestarzała. Chodzi o księży, o Kościół, który nie umie jej przybliżyć młodym ludziom, a także starszym. Bronienie idei dla samego jej bronienia jest głupotą. Człowiek nie umie zaufać swoim możliwościom, ufa zaś autorytetom. Nie korzysta z możliwości rozumu, ponieważ nie potrafi. Nie został nauczony i nie miał być tego nauczony. To by zaszkodziło autorytetom.

— Czy myślisz, że sukces komercyjny wystarczy, by otworzyć nowy rozdział w historii?

— Myślę, że wiek dwudziesty pierwszy rozpocznie się jednak niszczycielską falą głupoty. Nowy wynalazek, Internet, przyczyni się do tego. Uważam tak, ponieważ każda innowacja, zanim przynosi ludziom dobro, wyrządza najpierw krzywdę. Dobiegające końca stulecie winno być inspiracją dla żyjących w nowym stuleciu. Żyjemy w latach dziewięćdziesiątych. Nic specjalnego się nie dzieje. Gwiazdy mamy, jakie mamy, literatura upada. Dlatego się za nią wziąłem! Natomiast jeszcze dekadę wcześniej wszystko miało sens... Ludzie byli inni.

— Tak sądzisz? A co kryje się pod stwierdzeniem, że ludzie byli inni?

— Ludzie wierzyli w siebie. Wierzyli we wszystko to, co teraz jest dla nas podane na tacy i jest nam obojętne. Obojętność ta morduje nasze czasy. Dlatego będzie jeszcze gorzej, dopóki nie odkryjemy inspiracji w wieku dwudziestym. Bestialstwo lat 1939–45 silniej uczy rozróżnienia dobra od zła niż Biblia!

— Czym zatem jest *A house without an address*? W jakim kierunku podążasz, pisząc nową książkę?

— Moja książka niech będzie nową biblią. Absolutnie nie pozwalam nikomu jej czcić. Chcę, aby ludzie pomiędzy wierszami znaleźli wskazówki, jak korzystać ze swoich umysłów. Bo w tej chwili one krwawią. Zamiast rywalizacji o lepsze spodnie trzeba zacząć myśleć o tym, co czyni się drugiemu człowiekowi. Rywalizacja prowadzi w jedną stronę. W stronę samotności. Samotność szuka jedynie dwóch rzeczy. Albo ludzi, albo śmierci. Nie ma innych dróg. Jednemu uda się wrócić i znaleźć przyjaciół, a inny odbierze sobie najcenniejszy skarb. Życie.

— Jestem pod wrażeniem twoich słów, nie pamiętam, by ktoś wprost mówił takie rzeczy. Sądzisz, że ludzie coś z tym zrobią? Wezmą sobie to do serca?

— Oby wzięli do głowy, a nie do serca. Choć, jak powiedziałem wcześniej, sądzę, że jeszcze wiele przed nami, aby doszło do swego rodzaju rewolucji, słowa, które chyba bardzo lubisz.

Na jej twarzy pojawił się rumieniec. Uśmiechnęła się, zbiłem ją nieco z pantałyku i przez chwilę tylko patrzyliśmy na siebie, a ona jakby szukała w głowie pomysłu na kolejne pytanie. Kontynuowała:

— Trochę to takie wielkie. Patetyczne, wzniosłe... Nie wydaje ci się, że ludzie odbiorą to jako coś pięknego, o czym mówi młody milioner i szczęściarz? To może zdenerwować ludzi.

— Być może, jest nas tak wielu, że zawsze znajdzie się ktoś, kto nawet mojej książki nie polubi, nie zainteresuje się nią... mówisz jednak, że jestem szczęściarzem, nie zawsze nim byłem...

— No właśnie nie wspominasz o swojej przeszłości. Chciałam ją sobie zostawić na deser...

— Wiesz, to co chciałbym, abyście usłyszeli, pewnie już wiecie. Tak, wychowała mnie rodzina zastępcza, poza naszym krajem. Całe życie czułem się samotny. Bardzo samotny. Nie tęskniłem za biologicznymi rodzicami, z którymi nawet nie wiem, co się stało.

Wyszedłem z założenia, że nie mogę tęsknić za czymś, czego nigdy nie miałem. Życie w rodzinie zastępczej było dobre, moi rodzice to wspaniali ludzie. Bolesne jest jednak to, że musiałem być tym, który tych dobrych ludzi pozna. Los zadecydował, kogo w życiu poznam... dziwne to, co mówię, wiem. Ale gdybym miał swoją rodzinę tu od samego początku, nie poznałbym tamtej. Powinienem się zastanawiać nad tym, czy czegokolwiek żałować? Nie chcę o tym rozmawiać, ponieważ niszczy to we mnie więzi z innymi ludźmi. Sam nie rozumiem, dlaczego nie potrafię tak po prostu okazać cholernej wdzięczności i siedzieć cicho, kochając tych, którzy wzięli mnie z domu dziecka. Myślę, że nie potrafię pogodzić się z tym losem. I to jego wina. Losu.

— Co na to umysł? Nie znajduje odpowiedzi na żart losu. Wybacz określenie, ale staram się przekazać ci w myśl tego, co powiedziałeś wcześniej, że skoro zostałeś uderzony i osadzony przez los w danym miejscu, może powinieneś to udźwignąć siłą umysłu.

— Może potrzebuję drugiej połówki... Co dwie głowy to nie jedna. To, że mówię, by obudzić się i myśleć, nie oznacza, że sam potrafię już zerwać z tym, w czym mnie wychowano. Długo byłem ministrantem.

— O, proszę. Czy to miało wpływ na twoje przekonania? Czy to zniechęciło cię do Kościoła i nudnych księży? Czy to nakreśliło obraz dobrodusznego księdza z twojej książki?

— Tak i nie. Ksiądz, u którego służyłem, był dobrym człowiekiem. Był moim małym autorytetem, na pewno. Jednak dosyć późno zacząłem go słuchać, ponieważ umarł, gdy miałem siedemnaście lat. Uważam też, że każdy młody katolik powinien zostać ministrantem. To mnie w pewien sposób rozwinęło. Byłem także czytającym ministrantem, co wpłynęło na moje zainteresowanie książkami, pozwoliło przełamać strach przed publicznymi występami. Czyż to nie jest potrzebne, przydatne? Bardzo. Przydatne dla chłopców, by mogli uczyć się płynnego przemawiania. Pokładano nadzieje, że zostanę księdzem, choć szczerze, nie tylko we mnie. Ja jednak nie interesowałem się tym, czułem powołanie do wpływania na ludzi, a nie mówienia w próżnię. Choć życie w kościele zawsze mi się podobało, dobijał mnie ten sam powtarzany rytuał. Czasem nawet wyobraźnia podczas mszy zaczynała się uaktywniać i wyobrażałem sobie, że ksiądz przerywa ten senny rytuał i zaczyna poruszać ważny problem, jaki ma miejsce na wsi... w okolicach... porusza problem, na który kazanie nie znalazłoby czasu.

Tak się jednak nie działo. To przykre, że po komunii odlicza się ostatnie chwile do ogłoszeń parafialnych i powrotu na obiad do domu. Kazania giną w całej mszy, która jak reklama w telewizji powtarza i powtarza w kółko ten sam... Czy inteligentny Kościół naprawdę nie widzi, jak w żałosny sposób oddala od siebie młodych? A problem w księżach chyba jest jeden. Młodzi księża żyją tak, by zapracować sobie na szacunek. A starsi, kiedy naprawdę wiele z siebie dadzą, żeby osiągnąć ten szacunek, nie mogą zerwać z tym wszystkim, o co walczyli. Rozumiem to, martwi mnie to.

— Czy kiedy ksiądz żył, twoje nastawienie było inne? Czy inaczej patrzyłeś na religię?

— Tak. Nie ucieknę od tego. Najpierw poznajesz wiarę i żyjesz z nią, aby potem ją ocenić. Choć problemem wielu ludzi jest to, że oceniają, nie znając. Kiedy ksiądz żył, byłem zafascynowany Biblią, ale zawsze traktowałem ją jako coś niezwykłego, w co i tak nie uwierzę, tak jak wierzył w to ten wspaniały człowiek. Ale widzę w tym pewną słabość. On, aby być dobrym człowiekiem, potrzebował Jezusa, Boga i Biblii. Ja potrzebuję tylko umysłu, by osądzić, co jest dobre, a co nie. Nie toleruję krzywdy drugiego człowieka.

— I rywalizacji o złudną dominację, jak powiedziałeś.

— Dominować można w łóżku. Choć wtedy krzywda jest względna.

Uśmiech na twarzy kobiety wystrzelił jak z procy. Wywiad dobiegł końca, a film się urwał. Leżałem w łóżku i myślałem o swoich słowach. Czasem, nawet jeśli uznam coś za słuszne, wolę o tym rozmyślać dłużej. Mogłem jej powiedzieć, że wtedy krzywda jest pod kontrolą.

5

W 1996 roku zostałem członkiem eXeX. Pamiętam ten dzień doskonale. Prasa pisała o sukcesie mojej książki.

Miałem stertę gazet w pokoju. Za oknem, na ruchliwych uliczkach, rozciągała się gęsta mgła i bladozielona poświata wokół ulicznych lamp. Gałęzie drzew kołysały się gwałtownie, uderzając o dach domu. Wioska pokryta była białym puchem. Gdyby nie ogień w kominku, przyjemnie trzaskający, pokój ogarnąłby mrok, a dookoła panowałaby cisza. Pomieszczenie było niewielkie. Na biurku leżał wydruk e-maila:

Szanowny Panie,

patrząc na otaczający nas świat, otaczające nas życie, człowiek zadaje sobie pytanie o to, czy nikt nie ingerował w ich ZAPROJEKTOWANIE. Wydaje się niemal niemożliwe, że bez mocy jakiegoś Boga, sił wyższych mógłby powstać tak niezwykły i niepojęty wszechświat. Zarówno ciała astralne (dusze), jak i ludzie stanowią wszechświat albo inaczej — są jego nieodłącznymi elementami. eXst eXiste opiera się na naukach o człowieku. eXst stowarzyszenie jest połączeniem wielu pojęć i światopoglądu różnych epok z wypracowaną własną terminologią, ponieważ to jego członkowie są projektantami życia tu i teraz.

eXst eXiste uczy egzystencji i porusza tak ważny temat — śmierci fizycznej oraz życia po śmierci w strefie astralnej. Głównymi założeniami członków eXst jest przestrzeganie Prawd. Są to zasady funkcjonowania i punkty, dzięki którym życie staje się jasne, a Odejście — prostsze. Członkowie eXst eXiste nie łamią zasad, ponieważ zasady eXst eXiste to część ich życia. Rzadkie przypadki łamania Prawd wiążą się z całkowitym postanowieniem opuszczenia stowarzyszenia.

Wymiana poglądów jest w stowarzyszeniu najważniejsza. Dotyczą one wiary, życia i śmierci, nauki humanistycznej i edukacji duchowej.

Członkowie, zwani Realitami, mają swój związek z eXst do końca życia ziemskiego. Każdemu Realicie przysługuje własnoręcznie spisany podręcznik Prawd, do którego każdy wprowadza własne punkty. To, czy zostaną wliczone, zależy od Głównego Przewodniczącego (zwanego także — Przewodnikiem Realitów). Członkowie uczestniczą w rozmowach. Porozumiewają się e-mailowo, dzięki poczcie platformy, należącej do rodziny Głównego Przewodniczącego. Stowarzyszenie eXst eXiste działa niejawnie.

Pragnę powitać Pana w moim stowarzyszeniu. Cenię sobie Pańskie zdolności artystyczne, dzięki którym świat został niedawno obdarzony tak wybitną książką. Wierzę, że rozwój eXeX z Pańską pomocą jest na właściwej drodze.

Z wyrazami szacunku
OLIWER MICALI, GŁÓWNY PRZEWODNICZĄCY
List pierwszy wstępny, eXst eXiste

Wybiła północ. Do pokoju weszła szczupła postać, jej włosy emanowały bladożółtym światłem, podobnie jak ręce, które także pokrywała świecąca maź. Pomieszczenie rozświetliło światło lampy, którą owa postać zapaliła. To ja. Miałem na sobie rozszarpane

jeansy i koszulkę z napisem: „I HAVE A DREAM"
oraz podpisem Commona, amerykańskiego rapera.
W prawej dłoni, tuż przy uchu, trzymałem telefon
komórkowy. Rozmawiałem z przyjaciółką wyraźnie
podekscytowany. Opowiadałem o dyskotekowej nocy
w jednym z ekskluzywnych klubów, który odkrywa-
łem, do którego wpuszczono mnie dzięki nazwisku.

— Słuchaj, wystarczyło jedno spojrzenie! Krew
napłynęła do mózgu, żyła na skroni zaczęła pulsować
niebezpiecznie, moje gorące ciało przeszył zimny
dreszcz. Była piękna! Włosy na rękach i karku stanęły
mi dęba. Nie mogliśmy oderwać od siebie wzroku... —
urwałem, aby przełknąć ślinę — ...z oczu iskrzyło.
Jakbyśmy mierzyli się wzrokiem. Nie spostrzegłem,
że zbliżamy się do siebie, do momentu, kiedy nasze
wilgotne usta zaczęły, niczym zwierzęce, węszyć po
naszych twarzach, bladych z przerażenia; kiedy nasze
ręce zaczęły oplatać dygoczące ciała... seria krótkich
pocałunków i ten jeden, tak namiętny, tego się nie
zapomina, unoszący nas ponad ziemię. Języki tańczyły w złączonych gardłach... Rozpiąłem jej koszulę,
powoli i podniecająco... całowałem piersi, brzuch...
rozpiąłem rozporek krótkiej spódniczki...

Monolog przerwała mi rozładowana bateria telefonu. Zakląłem pod nosem i zacząłem szukać w jednej
z szuflad biurka ładowarki. Wróciłem z klubu R,
gdzie z dwojgiem znajomych umówiłem się na piwo.
Opowiadanie o dziewczynie, którą poznałem, ochło-
dził jednak zimny prysznic. Miałem się wkrótce stać

stałym bywalcem najdroższych w okolicy klubów dyskotekowych, w tym osławionego R. Te i podobne przygody zdarzały mi się bardzo często. Takie było życie największego pisarza współczesności. Clubbing, bez którego nie mogłem żyć; pieniądze, których miałem w bród; alkohol, od którego nie stroniłem i raz jeszcze R, który w kółko wypełniał cały plan życia...

Życie się zaczęło.

6

Rozciąć chcę niebo dla ciebie,
By oblać sokiem drogi mlecznej...
Wstrząsnąć chcę niebem wielkim,
Jak główką purpurową, nabrzmiałą
Wejść w twój kosmos
Pobawić się małą...
Dziurką ozonową
Królowo niebieska, czerwona gwiazdo
Jestem orzełkiem, co kocha swe
Gniazdo
Jestem rakietą podbojową
Obcych ciał kontaktem pierwszego stopnia
Jak luna rozłożysta, tak słońce, są sutki!
Uciekam do dziurki, uciekam malutki
I pierścień Saturna z lateksu, na Plecie
Bezwstydnie wisi, trójkątna poczwara
Już liże, już duma, już męczy ją mara

W naszych halucynacjach jezioro wrze. Taflę nakłuwają bąble, bańki i oczka, jakby były oddechem wodnej bestii śpiącej na dnie jeziora Pray. Woda zalewa nie tylko Villon Pray, mam na jej fragment widok ze swojego okna w pokoju numer trzynaście. I choć nikt i nic się nie wynurza, pochłania myśli patrzących. Mgła unosi się nad jeziorem, jak gdyby wstydziła się dotknąć wody.

Jezioro to morderca, niepokój i moja fascynacja. Daj się ze mną pochłonąć tej głębi. Czuję, jak drzewa iglaste pachną, jak pachnie wilgotny piasek i ryby pełne życia.

Czujesz tak jak ja?

BRAT

ROZDZIAŁ CZWARTY

❋

DROGI BRACIE...

Sen i śmierć to bracia bliźniacy.

HOMER

Życie erotyczne Oliwera Micalego nie było udane. Nie warto poświęcać czasu temu zagadnieniu. Budzi to we mnie politowanie mieszane z żalem. Człowiek mający w ręku najważniejsze korporacje, a także tajne stowarzyszenie eXst eXiste... nie był w stanie doznać jakiegokolwiek poważniejszego uczucia! Miłość jest jednym z nich. Ale w życiu erotycznym przecież nie musi o nią chodzić. Otóż, poza świetnym ciałem (naprawdę w porządku), Oliwer to chłopak przeciętnej urody. Okupione godzinami przelanego potu na siłowni razem z Agamemnonem, ciało winno działać na kobiety jak lep na muchy. Tak jednak nie było. Jego rude włosy podchodziły pod brąz. Twarz nie miała w sobie nic specjalnego.

Był brzydki.

Co ciekawe, nie był w stanie zauważyć tego w swym wielkim zabieganym świecie. Jeśli nie zauważa się braku życia erotycznego, chyba nie ma sensu rozmyślanie o nim, użalanie się nad sobą... To zadanie obserwatorów, serwisów plotkarskich także.

Pomysłów jednak wcześniej mu nie brakowało. Pomysłów, które wzniecić miały w nim ogień żądz. Swoje wybranki traktował jak najbardziej poprawnie. Częstował je różami. Zacne, choć staroświeckie. Oliwer nie wygląda na faceta, który gotów jest, aby porzucić dla miłości swoje królestwo... królestwa. Nie jest typem człowieka, który ma chęć na przygody. Myślę, że stawia się ponad nami wszystkimi, a już na pewno nade mną... Jeśli chodzi o życie erotyczne właśnie, to jego rozwój byłby skazą. Na swoje nie narzekam.

Bywa różnie w skarbnicy ciał — naszym klubie R. Kolory świateł, wirujące razem z muzyką, wskazywały drogę do moich spodni jako najpiękniejszy finał nocy, każdej nocy w R. Oczywiście teraz, kiedy ruszył sezon z eXst eXiste, nie odwiedzamy klubu. Mam w pamięci jednak te kolory... wszystkie na moim ciele i wszystkie padające tylko na mnie, jakbym był niewinną ofiarą czekającą na spragnione bestie. Od innych kolory zaledwie się odbijają.

Szkoda mi Oliwera, jest moim przyjacielem, a także człowiekiem, przed którym często nisko chylę czoło. O tak! Będąc kilka lat przed trzydziestką, Oliwer kieruje gigantami niczym doświadczony wódz, jak jego dziadek wcześniej. To godne podziwu, choć całkiem naturalne w przypadku kolejnego Micalego. Został do tego przygotowany. Wychowany, by pełnić te zaszczytne funkcje. Takim się urodził. Człowiekiem wielkim. Do czternastego roku życia mieszkał na wsi u dziadków od strony matki. Mieszkał tam ze swoim bratem. Później zostali rozdzieleni, a Oliwer przeniesiony do dziadka Alexandra, do Walii.

LIST PIERWSZY

BARRY, 15 LIPCA 1992

Kochany braciszku, doskonale zdaję sobie sprawę z tego, że każdy wolny od obowiązków dzień spędzasz z Agamemnonem nad jeziorem. Bardzo chciałbym być z Wami. Tym bardziej, że u nas burze nie odpuszczają od tygodnia. Są naprawdę silne.

Podróż minęła szybko. Pan Yard jest człowiekiem milczącym, ale zdołałem dowiedzieć się kilku tajemniczych spraw. Tak tajemniczych, że strach mi o nich pisać nawet Tobie. Pragnę byś był świadomy, że rozłąka z Wami kosztuje mnie bardzo wiele. Gdybym miał wybór, pozostałbym w Ondskan. Jestem już w willi dziadka Alexandra. Tu, w Walii, żyje się całkiem inaczej niż u nas. Wczoraj było mi bardzo przykro, gdy dowiedziałem się, że nasza rozłąka potrwa dłużej. Myślę, że potrzebują mnie tu na stałe. Znów chcę byś nie traktował tego jako nagrody, na którą, jeśli już, zasłużylibyśmy tak samo.

Bardzo za Tobą tęsknię, braciszku! Tęsknię za Agamemnonem, śmierdzącym fajkami podkradanymi tacie;

Inès, czasem też za jej zadziorną siostrą Audrey. Ucałuj
ode mnie babcię i dziadka. Chciałbym znów poczuć
zapach ciasta drożdżowego z truskawkami, gdy wrócę.
Mam nadzieję, że jak najszybciej.

OLIWER

LIST DRUGI

ONDSKAN, 19 LIPCA 1992

Kochany Oliwerze, siadłem do listu jak najprędzej. Cie-
szę się, że nie czekałem na Twoją wiadomość długo, że
znalazłeś dla mnie czas. Nie chciałbym Ci przeszkadzać,
babcia mówi, że niedługo będziesz bardzo zapracowany.

Agamemnon złamał nogę po nieudanym skoku z drze-
wa na siano. Myślę, że nie powinieneś się niczego oba-
wiać. Słyszałem, że mamy ojciec jest dobrym człowiekiem,
rozsądnym i przedsiębiorczym. Na pewno wizyta w Barry
nie sprawi ci przykrości.

Dziś, gdy już pomogę babci przy gospodarstwie, z pew-
nością spotkam się z Sergiuszem, Inès i Audrey. Mieliśmy
iść nad jezioro, jednak nad Ondskan wiszą czarne chmu-
ry, a wiesz, jak dziewczyny boją się burzy. Nie można też
chować się pod drzewami. Żałuję, że nie mogę obserwo-
wać piorunów po drugiej stronie wody. Rozcinając niebo
i wodę, muszą świadczyć bliźniacze moce.

H.

List trzeci

Kochany braciszku, mam dobrą nowinę. Niedługo znów Was zobaczę. Miałem bardzo pracowite dwa tygodnie. Chciałbym Ci o nich opowiedzieć.

Każdego dnia trzymam się ściśle określonego planu. Budzą mnie o godzinie siódmej nad ranem. Muszę biegać w labiryncie z krzewów sięgających mi po klatkę piersiową. Biegam z trenerem przez czterdzieści pięć minut. Potem jest śniadanie, nie powiem, bardzo smaczne i bogate.

Wpół do dziewiątej mam zajęcia z literatury. Przebiegają dość specyficznie. Czytamy przez godzinę daną książkę. Potem przez godzinę pracujemy nad przeczytanym fragmentem. Od pierwszych słów do ostatnich przeczytanych. Następnego dnia zaczynamy nową. Nauczyciel mówi, że czasem trzeba umieć wykorzystać tylko to, co jest nam dane. Pewnie ma rację.

Pamiętasz nasze plany o posiadaniu tajnej bazy? Miałem czas, by opowiedzieć dziadkowi o nich. Powiedział, ku mojemu zaskoczeniu, że z czasem marzenia nam się spełnią, ale dojrzalej spojrzymy na to, czym nasza kwatera będzie. Znajdą się także na nią pieniądze!

Po zajęciach z literatury, bo zgubiłem wątek, mam basen. Spędzam w wodzie czterdzieści pięć minut. Wiesz, jak lubię pływać. Potem jest czas wolny, godzina. Obiad, spotkanie z dziadkiem, w godzinach wieczornych język obcy i przedmioty ścisłe.

Czuję się tu bardzo dobrze, ponieważ ludzie pracujący ze mną i chyba nade mną są bardzo życzliwi i wyrozumiali. Tęsknię za Tobą i naszymi przyjaciółmi.

OLIWER

Kiedy pierwszy raz dotarłem do listów braci Micalich, byłem pod wielkim wrażeniem tego, jak silna więź ich łączyła. Sekretników było więcej, a w każdym zatopiona tęsknota. Były przesłodkie. Wychowywali się na farmie w Ondskan u dziadków ze strony ojca. Rodzice nie byli obecni w ich życiu w tym okresie. Przebywali na Wyspach Brytyjskich. Oliwer pozwolił mi pogrzebać w swoich zbiorach. Może nie pamiętał tego, co zostało w korespondencji utrwalone. Relacje braci zasadniczo się zmieniały. Mogłem wyczytać wszystko. Nie do pomyślenia było wcześniej dla mnie, ile zdziałać może dojrzewająca jak owoc na gałązce zazdrość.

Listy braci pochłonęły mnie na kilka dni. Czytałem o tym, za czym tak tęsknili, ile razem przeżyli. Życie na wsi rysowało się sielsko. Czułem w tym własną nieuzasadnioną tęsknotę, ale i radość. Po części także zazdrość. Mam ten list zawsze pod ręką... ten, od którego wszystko się zmieniło. Hector odpisał w nim Oliwerowi po dość długiej przerwie. Wahał się, męczył, bał? Tego się nie dowiem. Napisał o pocałunku z Audrey. Bardzo niewinnym. Nic nieznaczącym.

Oliwer wściekł się. Jego towarzyszem w Barry był tylko cudowny kerry blue terier. Cudowny z kilku powodów. Psa otrzymał od dziadka. Miał się nim opiekować, zaprzyjaźnić i rozmawiać. Alexander Micali poinformował wnuka, że to bardzo bystre stworzenie, wierne i delikatne. Tak też opisał je Oliwer w odpowiedzi na list o paskudnym pocałunku:

LIST CZWARTY

(FRAGMENT)

Dostałem, Heconie, pieska. Wspaniały, dumny kerry blue terier. Zaczynam się do niego przywiązywać, jest bardziej poważny od Inès. Myślę, że polubiłbyś go, ale zostanie w Barry, nie chciałbym go męczyć podróżami. Mam do niego mówić, bo wiele rozumie. Zauważyłem, że jest bardzo wrażliwy na dźwięki, ale nie jest agresywny. Szczeka często, choć szybko mogę go uspokoić, w zasadzie tylko ja.

Nie gubi sierści, ale trzeba go strzyc co półtora miesiąca. Koszt strzyżenia jest wysoki, musiał więc kosztować sporo. Nie przywiązywałbym do tego takiej wagi, gdyby nie fakt, że to żywe stworzenie. Będę miał tutaj wiernego towarzysza.

Pozdrów Agamemnona i dziewczyny...

Po pierwsze, Oliwer użył ksywki, którą czasami rzucał w Hectora Sergiusz. Z reguły dla żartów. Nie podobało mu się słowo „Hecon", połączenie Hectora z bekonem. Wcale nie miał problemów z wagą. Od tego się zaczęło. Podejrzewam, że Oliwer poczuł się zdradzony. Jemu nie było dane dojrzeć w ten sam sposób, co jego ukochanemu bratu. On został od życia oderwany. Dostał drogiego psa, miał ludzi, którzy się nim opiekowali i mieli kontynuować wychowywanie. Miał odtąd wszystko, o co poprosił. Dostałby i kobietę, gdyby się nie wstydził zapytać. Nauczyliby go wszystkiego.

To dla niego ukryta udręka. Audrey była śliczną, ale wulgarną dziewczyną, Inès typem dziewczyny rozważniejszej. Tak jak w Audrey chłopcy byli w stanie ujrzeć obiekt seksualny, tak jej siostra traktowana była tylko w kategorii przyjaciółki. Obie były daleko. Oliwer Micali musiał to wszystko ułożyć sobie w głowie. I wyjść z założenia, że coś zostawił w Ondskan, że z czegoś musiał zrezygnować. Powoli doceniał, co zostało mu dane. Brat... to tylko człowiek. Wcale nie mądrzejszy od niego. Kiedyś mu o tym powie, wytłumaczy, o słabościach... to tylko brat. Listy stawały się obojętne, momentami agresywne.

Hector pojmował więcej, aniżeli Oliwer pozwoliłby mu pojąć. Zdradzał też więcej, aniżeli Oliwer chciałby wiedzieć. Opowiadał mu szczegóły wakacji, a kiedy ten zjeżdżał z powrotem na wieś, zaczął go unikać. Listy... coraz krótsze, w końcu urwały się. Oliwer uważał, że to staje się bardzo czasochłonne i niemodne. Nagle obaj stali się za duzi na pisanie listów. Każdy stał się zbyt zajęty. A zajęcia te rozpalały coraz gorętszą zazdrość.

Piekło.

BAŚŃ
ICH DZIECIŃSTWA

Mówiłam mu tyle razy, że ma złożyć jaja, ale nie słuchał. To ważne i on o tym doskonale wie. Ma to naturalnie podtrzymać nasz gatunek. Będzie jednak dobrze, jak i ta zdzira da nam w końcu spokój! Musimy ich męczyć o jaja, czekać nie trzeba zbyt długo. Wyklucie odbywa się prędko, przed pojawieniem się gwiazd, a i na to trzeba być gotowym. Nie wolno nam podchodzić zbyt blisko. Niemowlaki plują straszliwą trucizną, należy się przed nimi nieustannie chronić. Dlatego zakładamy gumowe palta. Czasem dwa. I uciekamy ranieni kulami z trucizną, które roztrzaskują się na naszych paltach, a jak któreś z nas ma mniej szczęścia, roztrzaskują nam łby. Dzieciaczki z reguły mają tak, że zanim wejdą w świat zasad utworzony przez starszych, psocą, nie zdając sobie z tego sprawy.

Męczę go już trzeci tydzień, by złożył jaja. A on do mnie, że boli. Boli, boli, boli... przedrzeźniam go i wystawiam język, zawijam go wokół głowy i drapię się nim po skroni. Jak mu to wytłumaczyć? My nie składamy jaj. To ich rola. Dlatego nie mogę wczuć się i znaleźć odpowiedniego argumentu. Mam jeszcze sporo czasu. Nie ma jeszcze śniegu. Więc nie mogę liczyć na odwilż. Małe lubią lody ze śniegu, który zamienia się w błotko. A sam śnieg, biały i gęsty, pomaga tym, których trafi trucizna skonać w chłodku.

On ma trzy metry wysokości i jest grubasem. Tyle razy mu mówiłam, by złożył jaja, a on tak się nadmuchał, że ciężko z nim teraz cokolwiek zrobić. Ciężko z nim dyskutować. Podejrzewam, że wydęło go tak, bo w środku w nim jest teraz pełno jaj. Jaja te powstały z pewnością od mojego gadania o nich. No bo jakże inaczej? Jaja są wielkie, strusie się chowają. Mają turkusowy kolor, jego są zielone. Stary, gruby cap!

„No i co cwaniaczku? Będą jajca czy nie będzie?" — warczę w końcu zdenerwowana, a czerwony płyn, tryska mi z uszu. „Boli, boli, nie będzie jaj, bo ty chcesz. Chcesz to sobie narób jaj" — odparł. „To tępa masa" — pomyślałam. Idiota i kretyn, widzę przecież, że jajca wydęły mu brzuchal. Ale znajdzie się sposób. Idę do Szefowej. Szefowa to stara pizda. Wyschnięta i pochmurna. Siedzi w swoim gabinecie i dłubie w długim spiczastym nochalu. Ale franca zna się na tym najlepiej i każde z nas wam to powie. Idę naskarżyć. Jaj nie ma, jak nie było. Ona zrozumie.

No i czekam w kolejce. Spokojnie siedzę na jakimś łapciuchu, co dawno już jajek mieć nie może, leży półżywy i skomli. Dostaje po łbie, gdy za mocno mną rzuca. Wychodzi Szefowa i kopniakiem żegna się z kimś tam. Nie znam, ale na jajcarza też mi nie wygląda. Szefowa, jak to ona, zauważa mnie prędko. I prosi, bym weszła. Kwiczą dziwki jak świnie, biadolą, że bez kolejki wchodzę. To i wchodzę, zerkając na nie pogardliwie. Głupie, bo jajka już dawno dostały.

Szefowa wie, o co chodzi. Wie, bo prowadzi spis jajek. Wie też, że będzie ich sporo, bo ona wie wszystko, co się na tym pieprzonym świecie dzieje. Od progu dostaję drgawek i rzucam się w płacz, leje się nosem i okiem, i uchem. Leje czerwona maź. Ta tylko poprawia okulary, naciąga halkę na piersi, które wiszą jej, jak zużyte prezerwatywy po pępek i spogląda na mnie z żalem. „Głupia ty, durna baba" — pociesza. „Chciałabym ci powiedzieć coś więcej, ale nie wiem, po coś tu przylazła". To ja jej mówię, że jaj nie ma i nie będzie, ale ona to wie i nadal zastanawia się, po co przylazłam. A że sama tego nie wiem, uciekam do chaty, by ominąć kopniaka Szefowej.

Po powrocie do chaty czuję odór niemiłosierny. Pachnie nieprzyjemnym smrodem. I kląć zaczynam na starego i wyzywać, i pluć, póki nie zauważam na stoliku czterech jaj. Jeszcze trochę wyklinam, jeszcze raz go po głowie patelką okładam i spokojniejsza pytam, skąd to ma.

Jaja są turkusowe. Nie oszuka mnie, że to jego. Głupi stary cap. Płaczę. Pada śnieg. Całe szczęście. Przyjdzie może umrzeć w chłodku. Czekamy, bo kluć się będą przed gwiazdami. „Ale to nie dzisiaj, idiotko" — poucza mnie małżonek. „Mówisz?". Jestem przekonana, że można mu zaufać, jeszcze tylko się dowiem skąd te jaja, komu je zabrał. Nadal gruby siedzi na tapczanie. Nie drgnął na pewno, odkąd go tak zostawiłam. Zastanawiam się, może zamówił jaja przez Internet. To jest możliwe, choć mam ku temu kilka wątpliwości, przecież nikt nie zna naszego adresu. Kurier raczej nie przychodzi, odkąd Szefowa go zjadła.

Młode są ładne, nie są tak oślizgłe, nie śmierdzą. Ale wyją przeraźliwie do trzeciej w nocy. Trucizną plują tylko przez pierwszą godzinę po wykluciu. Wtedy to (ze starym już mamy metodę) biegamy niedaleko, robiąc ósemki. To ich myli, a my mamy paskudztwa na oku. Tak też zrobimy i dziś. Szefowa pochwali.

Nazajutrz słońce wstało, jakby wcale nie miało ochoty świecić nam na nasze brzydkie pyski. Stary się ogolił. „Gdzie masz nosek? Gdzie ty, debilu, nosek odciąłeś przy goleniu? Ty głupku, ty! Czym teraz powąchasz małe, kretynie? Co, ja za ciebie wąchać będę?". To debil, nos sobie odciął. No mówię wam, jak tu leżę. Bo jeszcze leżałam. Ale żywa, dzieciaczek mnie kulką nie trafił żaden. „Zamknij mordę" — odparł. Cały on i te jego riposty.

Postanowiłam któregoś dnia zrobić mu niespodziankę i w podziękowaniu za jaja ubrałam się seksownie i zażądałam jaj więcej. I zaczęło się od początku. Ale dość już o jednym. Szefowa zadowolona. Poszłam na spacer. Sama. Nie będę pchać fotela ze starym. Bo nie ma kółek.

Mam ładny ogon. Długi i śmierdzący, ale ładny. Niektóre mają skrzydła, ale po co mi skrzydła. Zawsze szanowałam to, co miałam. Te skrzydlate są bardzo zadufane. Latają ci nad głową, czasem która coś na ciebie spuści, gdy tak spacerujesz. Takie są. Staram się je zrozumieć, bo jakbym miała skrzydła, a nie ogon, też byłabym suką. Do szczęścia potrzeba mi już tylko jaj.

Chmury się zbierają nad wiochą. Będzie gradobicie. Szefowa się zna, ale to nie jest tak, że to jakaś moja przyjaciółka, z którą mogę wypić wódkę i zagryźć kurierem. To nie taka sztuka. Szefowa lubi, jak mówi się do niej Szefowa. Chociaż na imię ma tak samo. Patrzę nagle, że market już otwarty. O tej porze, co jest? Wchodzę i są tam wszystkie. Skrzydlate france. Podchodzę po kilo starej ryby. Małe są po narodzinach wyjątkowo wybredne. Tylko świszczą i skwierczą, że chcą ryby. A przynieś im świeżą, to rękę odgryzą.

Starego niedługo pożrą na tym jego fotelu. Razem z fotelem. Ja szybko biegam, ale i rybę przyniosę. Dzieci mają pamięć i doceniają.

ROZDZIAŁ PIĄTY

◯◯

PAMIĘTNIK
PEŁEN SŁABOŚCI

Polały się łzy me czyste, rzęsiste
Na me dzieciństwo sielskie, anielskie,
Na moją młodość GÓRNĄ i...

ADAM MICKIEWICZ

1

1999

To, co się stało, nie było do końca zrozumiałe dla żadnego z nas. Jednak było oczywiste, że młody mężczyzna stojący na dachu wielkiej rezydencji, kurczowo ściskający gargulca, to nie kto inny jak brat Oliwera Micalego — Hector. To właśnie od naszego Głównego Przewodniczącego i mojego przyjaciela otrzymałem telefon, że właśnie siedzi w prywatnym samolocie, który zmierza w kierunku Walii — tam, gdzie mieszka rodzina Oliwera. Jego jedyny brat chciał się zabić? Wszystko na to wskazywało.

Cztery śmigłowce największych w kraju stacji telewizyjnych latały wokół rezydencji rodziny Micalich. Ulice przedzierały rozpędzone ambulanse. Dwudziestodwuletni chłopak stał oparty o gargulca na dachu swojej posiadłości. Wokoło pełno było policjantów i strażaków. Zza bramy piorunowały flesze aparatów reporterskich.

Oliwer nie wiedział, co ze sobą zrobić. Chodził po pomieszczeniu odrzutowca, spoglądając na ekran telewizora. „Co ty wyprawiasz?!".

— Nic nie możemy zrobić? — spytał Sergiusz z kwaśną miną. Wiedział, że Oliwer jest wściekły.

— On stoi na dachu. Kilkaset kilometrów stąd. Jak możemy mu pomóc?! — burczał Oliwer przez zaciśnięte zęby.

Szum silnego wiatru bez wiatru.

Znad rezydencji Micalich wyłoniła się gęsta biała mgła, która pożerała każdy cal widoczności. Śmigłowce jak muchy porozlatywały się w przeciwnym do niej kierunku. Reporter stojący przed bramą posiadłości przeżegnał się, a jego koleżanka upuściła aparat. Ludzie zaczęli uciekać...

Hector, brat Oliwera, nie skoczył.

Następnego dnia na biurku Oliwera w walijskim apartamencie wylądowała sterta gazet, które podnosił drżącą dłonią. Nagłówki okładek piszczały:

„SKANDAL W WILLI MICALICH"

„JEDEN Z BRACI MICALICH CHCIAŁ ODEBRAĆ SOBIE ŻYCIE. RODZINA MILCZY"

„SPADKOBIERCA CHCIAŁ SKOCZYĆ Z DACHU"
„SEKRETY RODZINY MICALI"
„ODSUNIĘTY OD TRONU BRAT DAJE O SOBIE
ZNAĆ!"

Oliwer nie zdążył zapobiec wydrukom... Dziadek także był wściekły.

2

Książka to największy skarb człowieka. Słowo zapisane to słowo najrozkoszniejsze, a ja jestem w posiadaniu wyjątkowych słów. Pamiętnik Hectora. Oliwer musiał go bratu zabrać, znaleźć w Ondskan[1]. Nie był szczególnie stary, ale wszystko mi wyjaśnił. Postanowiłem słowa przebadać, w tym celu musiałem je mieć u siebie. Oliwer na pewno do nich nie wróci.

Nie jest ładnym zwyczajem grzebać w czyimś życiu, na pewno nie miałem do tego prawa. Oliwer jest moim przyjacielem, zrozumiały. Poznając ich korespondencję, nauczyłem się rozumieć jego racje i decyzje. To ważne. Hector był niedyskretny. Mogę się domyślać, że sam w pewnym momencie dopuścił brata do swoich wspomnień. Cieszę się niekiedy, że jestem jedynakiem. Musicie jednak wiedzieć, że czyta-

---

[1] Nazwa miejscowości, w której wychowali się bracia Micali, pochodzi od tytułu filmu *Zło* (reż. Mikael Håfström). To jeden z ulubionych filmów autora.

jąc Hectora, tęskniłem tak jak on za ich życiem, jakby było moim. To też siła słowa.

Wspomnienie lata

1992 ROKU

Spisał
HECTOR MICALI

1

Wakacje miały rozlać falę upałów po całej wiosce. Do południa nie można było wytrzymać w żarze, który gęsto wypełniał pokoje. Wieczorem niebo rozcinały biało-błękitne pioruny. Oliwer lubił na nie patrzeć. Ja także.

To był ostatni dzień szkoły. Zakończenie gimnazjum. Cieszyliśmy się wszyscy. Oliwer musiał pojawić się w Ondskan. Przebywał w swoim pokoju, rzadziej wychodził na powietrze. Chodził naburmuszony, a babcia kazała mi być wyrozumiałym, miał na głowie inne sprawy. Powiedzmy, że rozumiałem. Wybrałem się z Audrey nad jezioro. Agamemnon rozpoczął pracę w warsztacie ojca. Naprawiali tiry. Zawsze miał do tego głowę.

Droga do jeziora była długa, tym bardziej piesza. Szliśmy dwie godziny. Nie do końca wiem, skąd zawsze miałem z Audrey tematy do rozmów. Śmialiśmy się całą drogę, o Oliwerze nie wspominaliśmy. Nad jeziorem usiedliśmy blisko. To była i zawsze jest najbardziej krępująca chwila w życiu każdego nastolatka. Wiedzieliśmy, co chcemy. Spytałem, czy chciałaby popływać nago. Woda była zimna. Nie musieliśmy pływać. Chciałem tylko zobaczyć, jak wygląda nago. Zgodziła się, pewnie też nie miała ochoty pływać. Ustaliliśmy, że wcześniej musimy zobaczyć swoje ciała. Nigdy wcześniej nie robiłem czegoś podobnego. Miała na sobie błękitny biustonosz i czarne figi. Nie chciała zrobić pierwszego kroku.

Zastrzegłem, że muszę mieć wzwód. Chciałem, by ten widok utkwił jej w pamięci. Nie wstydzę się swojego penisa, ale jeśli miałbym go komuś pokazać, niech będzie w pełni radosny. Zgodziła się i paluszkami przejechała delikatnie po moich bokserkach. Byłem gorący. Przez chwilę wszystko inne przestało dla mnie istnieć, nie widziałem, gdzie jestem i czy ktoś nas nie podgląda. To już się przestało liczyć. Byłem sztywny. Zsunąłem bokserki. Bez słów zdjęła swoją bieliznę. Przejechałem ręką po jej sromie. Była tak mięciutka i ciepła. Nie podejrzewałem nawet, że to takie przyjemne. Ona złapała mnie i lekko osunęła napletek. Żołądź stała się purpurowa jak biskupia szata. Prącie drżało, a jądra jeździły w dół i w górę, niczym radosny wagonik na kolejce górskiej.

Weszliśmy do wody po kolana, wiedziałem, że tego dnia już na nic się więcej nie zgodzi. Byłem szczęśliwy. Zaczęliśmy się wygłupiać, musnęła mój nos. Poleciała mi krew. Nazwałem ją suką. Miałem na twarzy uśmiech, ale drżałem, byłem zły i zdenerwowany. Nie wiem dlaczego. Wiedziałem dobrze.

11

Agamemnon ma większy członek ode mnie. Jest wielgachny jak u słonia. Może to z tego powodu Sergiusza Vesto nazywa się właśnie Agamemnonem. Skąd to wiem? Oczywiście chłopcy w pewnym wieku lubią się sobie pokazać. Są bardzo ciekawi swoich ciał. Boją się, że mogą mieć tego mniejszego. Mnie było to obojętne. Nie obawiałem się, bo zawsze byłem z siebie dumny. Nie pamiętam także, by w przyszłości ktoś narzekał na nas. Zaczęło się w wakacje, kiedy Agamemnon zapraszał mnie i Oliwera do siebie. Jego rodziców nigdy nie było w domu, zawsze do późnych godzin zajęci byli pracą. Oliwer nie zna się na żartach.

W przyszłości Agamemnon wytrze sobie te sceny z pamięci. To pewne. Oczywiście pamięta każdy wspólnie obejrzany ze mną niemiecki film pornograficzny na kasecie VHS. Film, którego „aktorzy" nie byli wcale tak atrakcyjni, jak powinni być. Obserwowałem, co się z nim działo, a on zerkał na mnie. Na jego olbrzymiej żołędzi pojawiał się krystaliczny śluz, zwany preejakulatem. Nie rozumiał wtedy tego. Mój członek wcale nie wydzielał takiego płynu. Wytłumaczyłem mu, dlaczego tak jest. Na tyle, na ile sam wiedziałem.

Śmiał się piętnaście minut, gdy poinformowałem go, czym jest naturalny lubrykant i lubrykant w ogóle. Stwierdził, że jestem bardzo pedalski i śmiał się dalej. Potem przeprosił. Nigdy więcej... już nigdy nie użył tego słowa.

Wspominam te chwile jako doświadczenie. Nic złego nie robiliśmy, chyba że wspólny onanizm to grzech śmiertelny (za który warto...). Nigdy się nie dotknęliśmy, nie czułem takiej potrzeby. On tym bardziej. Za to kochałem go jak brata. A mój brat by tego nie zrozumiał. Cierpi na homofobię, którą stara się kryć przed niektórymi członkami eXst eXiste.

III

Audrey stała się moją obsesją. Potrzebowałem jej dotyku, jej ciała. Spotykaliśmy się częściej. Unikałem Agamemnona, choć był zapracowany. Szybko poznał dziewczynę na którymś z letnich ognisk w parku. Chwalił się godzinami, co razem robią. Z początku uważnie słuchałem, potem zacząłem usychać z zazdrości. Co by to było, gdyby Oliwer wiedział. W wakacje bywał już częściej w Barry, u dziadka Alexandra, niż z nami. Gdy go nie było, prawie wcale nie widywałem Agamemnona i Inès. Biedna, była zakochana w Oliwerze, który zawsze traktował ją jak przyjaciółkę. A tak naprawdę bardzo podrzędnie. Ale w tym wszystkim przecież nie o nich chodziło.

W połowie lipca na jej podwórzu rozbiliśmy namiot. Przeszliśmy złote pole, gęste, duszące i wielkie, prowadzące do parku. Tam spuściłem niewielkie drzewko i chcąc jej zaimponować przyciągnąłem pod namiot. Rozpaliłem ognisko. Miało nas ogrzewać w nocy. Wybraliśmy się nad staw. To mały zbiornik wodny znajdujący się bliżej niż jezioro. Woda jest w nim czerwona, zapewne za sprawą jakichś roślin, choć wmawiałem Audrey, że na dnie leżą rozszarpane krowy. W połowie drogi coś się stało. Dziś też się dotykaliśmy w namiocie. Opróżniliśmy dużą butelkę wina własnej roboty. Ale nagle zaczęła kłótnię. Byłem tak pijany, że nie odgadłem jej powodu. Wróciliśmy się do namiotu. Obróciła się i zasnęła. Ja nie spałem tej nocy.

IV

Następnego wieczoru była inna. Znów uśmiechnięta, znów pijana i chętna. Znalazła nawet na strychu wymiętą koszulkę ze złotym trójkątem i napisem „HORNY". Tej nocy spacerowaliśmy nadzy ulicami wioski. Szliśmy kawałek w samych butach, potem biegliśmy. Jej piersi podskakiwały tak, jak migotały gwiazdy na niebie. Mój fallus dzwonił, uderzając o biodra i uda.

Potem leżeliśmy wtuleni na dachu garażu. Na gryzącym kocyku. Patrzyliśmy na miliardy gwiazd. Rozmawialiśmy o przyszłości. Stek bzdur. Wiedziałem, że pewnych spraw nie mogę samodzielnie rozważać.

Niekiedy kto inny sprawuje władzę nad życiem. Nie mogliśmy ogarnąć tego, co było nad nami. Niebo nocą tak cudne. Cud.

Leżałem na dachu garażu jej ojca, jakbym stał twardo na jonosferze. Rozmawiałem z nią o planach na przyszłość, o dzieciach, seksie, szkole... jakbym mógł bożym ołówkiem notować i rozpisywać jej i sobie co dalej... łzy w oczach. Nic nie powiedziałem więcej.

V

W zasadzie już nie jestem zorientowany, kiedy Oliwer przebywa w Ondskan, a kiedy go nie ma. Nie widuję brata tak, jak nie widuję Agamemnona. Czy Inès żyje? Dobre pytanie. Nawet Audrey nie mówi o swojej siostrze. Żyjemy sobą. Którejś nocy decyduje się, by zrobić mi fellatio. Jest delikatna, choć ma język jak papier ścierny. Sprawia mi lekki ból. Czuję jej zęby i mam obawy, że w ramach protestu lub kolejnego focha odgryzie mi prącie. W zasadzie nic nie stresuje mnie bardziej. Liże go powoli, jest tak wielki, że opiera się mu nawet jej głębokie gardło.

Bardzo chciałaby, abym skończył w jej ustach. Męczę ją prawie kwadrans, ponieważ cała sytuacja przerasta mnie nieco, ale bardzo mi się podoba. Za dużo o tym myślę, zamiast po prostu oddać się przyjemności. Kończę. Ona podnosi się i całuje mnie. Nie połknęła, przelała to w moje usta. Jestem zaskoczony, ale nic nie mówię. Nie mówi się z pełnymi ustami.

VI

Zakochiwałem się, a może to zwykłe silne zaurocze-
nie... Tych wakacji żadne z nas nie zapomni nigdy.
Będę miał w głowie każdy szczegół. Ten pierwszy raz,
kiedy moje wargi musnęły jej wargi. Gdy nie mogłem
oderwać języka od jej warg sromowych. Kiedy była już
tak wilgotna, że nie wiedziałem, co tak intensywnie
spływa mi po brodzie, szyi. Pamiętam dokładnie ten
smak. Niektórzy potrafią doskonale zapamiętać smak,
odtworzyć go sobie w myślach. To fenomenalne.
Mówiła, że mam długi jęzor. Nie byłem plotkarzem.
Nie to miała na myśli, a ja jak pazerne dziecko ssałem
jej łechtaczkę i wbijałem się w jej wnętrze po brodę.
Musiało to sprawiać Audrey wiele radości, miała łzy
w oczach, była uśmiechnięta i pojękiwała.

Kiedy skończyłem tańczyć językiem, ona zabiera-
ła się ponownie za mnie. Byłem już wtedy bardzo
rozpalony. Mój penis był tak purpurowy, jakby miał
eksplodować krwią.

VII

Festyn był w sobotę. Rankiem wymiotowałem, pewnie
z powodu przemówienia pani wicedyrektor w szkole,
którą w końcu skończyliśmy. Wspomniała w swój
wyuczony, sztuczny i oficjalny sposób, że szkoła była
naszym drugim domem i jakby dalej chcąc szerzyć

swą propagandę, dodała, że pamiętać będziemy to, co było dobre.

Otóż niekoniecznie. Szkoła ta będzie mi się kojarzyć najmniej przyjemnie. Nie będę się nad tym rozpisywał. Zrobił to pewnie Oliwer. Może kiedyś z nim na ten temat porozmawiam. Pojawił się w tę sobotę w Ondskan i zaskoczył mnie nieco. Zaprosiłem go na zabawę wieczorną podczas kolacji przygotowanej przez babcię. Z początku stwierdził, że jest zajęty, ale postara się przyjść i zatańczyć z Inès, jak obiecywał jej w liście. Było to kłamstwo. Nie obiecywał niczego.

Inès odpisał tylko dwa razy. Na festynie pojawił się, ale w roli obserwatora, nie bawił się, nie ujawnił. Tańczyłem z kilkoma dziewczynami, z Audrey bardziej odważnie. Ona zawsze miała w sobie coś prowokującego. Jej siostra była troszkę naburmuszona. Zaczęła wykonywać dziwne ruchy. W ostateczności pajacowała. Było mi przykro, ale uśmiechałem się pocieszająco. Naprawdę nie zasługiwała na takie traktowanie. Była śliczna, ale to nie był ten typ dziewczyny co Audrey.

Orkiestra grała dobrze. To, co kochałem tam, w Ondskan, zostało tylko podkreślone muzyką. Zamknąłem oczy, wirowałem. Zacząłem całować Audrey, topiłem się w jej ustach. Zrobiło się gęsto, pełno ludzi, zimne powietrze. Noc... noc... muzyka. Dostałem butelką po piwie. Uderzyła w moją głowę i roztrzaskała się na parkiecie. Kilka osób zwróciło na to uwagę, po czym wróciło do zabawy.

Przecież nic się nie stało. Nic mi nie jest. Uspokajałem Audrey. Była pijana, chwilę potem śmiała się z małego rozcięcia. Wracałem do domu. Zostawiłem je na parkiecie otoczonym trawą, przed krytą scenką, na której stała pijana i zmęczona orkiestra.

Wszyscy mieli być tego dnia szczęśliwi. Z pewnością nie każdy był. Oliwera zauważyłem przy szopce ojca Audrey. Siedział oparty o ścianę. Obok niego była cegła. Wyznał mi potem, że uderzał się nią w głowę kilka razy. Nie rozumiałem, ale byłem pewien, że to nie on rzucił we mnie butelką. Też był pijany.

Razem wróciliśmy do domu. Babcia zostawiła drzwi otwarte. Chrapała głośno, gdy weszliśmy. Staraliśmy się być cicho. Oliwer nie powiedział mi, dlaczego chciał się wtedy skaleczyć. Na pewno było mu źle z jakiegoś powodu. Nigdy nie dopytywałem, uznałem, że sam może nie wiedzieć, o co mu wtedy chodziło.

VIII

Od festynu minął prawie tydzień. Brat nadal był w Ondskan. Cieszyłem się, spotykaliśmy się z Agamemnonem. Znajdował trochę wolnego czasu i dla nas. Audrey zawiodła. Postanowiła przenieść się, by kolejny etap nauki podjąć w innym mieście. Nasze pożegnanie nie było wyjątkowe. Przez jakiś czas byłem na nią bardzo zły. W ostateczności uznałem, że tak jest lepiej. Oliwer zachowywał spokój i nie komentował tego. W takiej chwili człowiek myśli, że ten drugi myśli: „A NIE MÓWIŁEM". Nie wierzę jednakże, by go to cieszyło.

Dla jasności, nie wierzę także, że to on rzucił we mnie butelką po piwie. To przypadek.

W piątek powiedział, że chciałby ze mną pojechać do wielkiego i sławnego klubu nocnego R. W sobotę miał wrócić do Barry. Jak się okazało, miałem go znów zobaczyć dopiero po roku. Zgodziłem się bez zastanowienia. Czytałem o R. Gmach, w którym klub się znajduje, zbudowany jest w centrum Mirror na planie X. Mieści się tam także siłownia i centrum handlowe, największe w tym rejonie. Dyskoteka składa się z trzech pięter, na których grają różną muzykę. Jedno z pięter było dla dorosłych. My mieliśmy i tak wejść bez problemów.

Zaskoczyło mnie, jak prędko Oliwer stał się popularnym, znanym, ważnym. To zasługa dziadka, ale ponoć mój brat sam angażował się w projekty, dzięki którym był zauważony w mediach. Nagle okazało się, że ma coś w sobie i jego urok przyciągał ludzi. Nigdy nie zastanawiałem się, czy był przystojny. Nie byliśmy do siebie bardzo podobni. Nie w tym rzecz.

Muzyka była eteryczna. Cudowna, nie miałem pojęcia, kogo słuchamy, ale był to ktoś znajomy. Głos ciął przestrzeń jak żyleta. Ona na kogoś czekała, czekała na coś, tak nam śpiewała. Tańczyłem sam, było sporo ludzi, Oliwer także. Podeszła do niego jakaś dziewczyna, na chwilę. Potem zauważyła mnie. Trwało to jakieś pół godziny. Spostrzegłem, że Oliwer podchodzi i zaczyna tańczyć przy mnie. Jakby chciał mi coś powiedzieć. Nic jednak nie zrobił.

Czułem, że coś go gryzie, ale w żaden sposób nie chciałem mu w tym pomóc. Wiedziałem, że wkrótce wścieknie się kolejny raz z mojego powodu. Czułem się źle, taniec robił się coraz bardziej żałosny. W pewnym momencie podszedł do baru, potem już go nie widziałem. Wróciłem sam.

Myślę sobie jedno. Oliwer, mój brat, chciałby cofnąć wszystko, chciałby jakby inaczej zarządzić swoim... naszym życiem. Wiedział, że dzieciństwo się skończyło. Nie wiem, skąd pojawiła się w jego głowie myśl... że i ja musiałem się dla niego skończyć. Dopóki byłem silny, było mi to naprawdę obojętne.

Potem usłyszałem o ΔDQ, o jego wpływach. O powrocie do Ondskan, by zaprosić Agamemnona do eXst eXiste. W naszej rodzinie wszyscy wiedzieli o stowarzyszeniu. Nigdy nie pokazałem, że się tym przejąłem.

Musiałem sprawić mu wielki ból, bawiąc się w tamte wakacje wyśmienicie.

ROZDZIAŁ SZÓSTY

⊙⊙

KŁOPOTY
Z AGAMEMNONEM

1

Opowiada ponownie
TRISTAN ROANCE

Wspomnienia Hectora sprawiły, że w głowie miałem kolory lata. Pomarańcz i żółć przelewały mi się przed oczami. Krwawy zachód słońca. Wracałem do siebie, trzeźwiałem, budząc się w ogrodzie zalanym deszczem, z twarzą w kałuży. Grzmiało silnie i intensywnie. Ciemno, szaro, czarno...

...żyję.

GODZINA 6:06

Spotkanie po latach. Nie sądziła, że kiedyś ich drogi znowu się zejdą. A szkoda. Jednak ten dzień nastąpił.

Inès stała teraz przed wysokim, oszklonym budynkiem — osiągnięciem najnowocześniejszej architektury. Powiał orzeźwiający wiatr, który zaprosił ją do środka. I tak znalazła się w królewskiej siedzibie ΔDQ. Jest to najpotężniejsza na świecie sieć organizująca wiele światowych instytucji, takich jak banki, restauracje, domy wydawnicze i kilkanaście stacji telewizyjnych. Wewnątrz oszklonej świątyni znajdowała się spora salka, której podłogi zdobił polerowany, szmaragdowy gres. Dalej było biuro, za którym siedziała ochrona i recepcjonistki. Wszystkie miały na sobie zielone marynarki i spódniczki, a na piersiach złote plakietki z literami ΔDQ.

Inès uśmiechnęła się w duchu. „Zielony. Nasz ulubiony kolor" — pomyślała i ruszyła w ich kierunku. Chwilę zajęła jej miła konwersacja i okazanie karty. Była to karta, bez której z pewnością nie przekroczyłaby progu barierek znajdujących się opodal i prowadzących do krótkiego holu, gdzie na ścianach znajdowało się kilka metalowych drzwi z tabliczkami „ELEVATOR". Jeszcze moment i będzie przy Oliwerze. Wokoło było pełno ludzi. Wychodzili zewsząd, kurczowo ściskając dokumenty. Czasem, kiedy ktoś zobaczył Inès idącą holem, zamykał z trzaskiem drzwi biura.

Jego drzwi były jak królewskie wrota. Zdobione, szlachetne. Zapukała i usłyszała ciche: „Proszę". Kiedy znalazła się w środku, widok przerósł jej oczekiwania. Podłoga była wykonana z jakiegoś tworzywa, które przypominało plastik, tyle że jakiś twardszy niż ten używany do produkcji zabawek. Cały zresztą pokój przypominał wnętrze plastikowej zabawki. Ściany i sufit były także zbudowane z tego tworzywa, a kąty były wygładzone. Po prawej stronie stał mały regał na kilka książek, naprzeciwko zaś wisiał portret Oliwera Micalego. Przed Inès, na końcu pomieszczenia, znajdowało się biurko sporych rozmiarów, a za nim wielkie okna.

— Jeśli dobrze pamiętam, to średnia słodzona dwiema łyżeczkami — rzekł Oliwer, mieszając herbatę w zielonym kubku. Dźwięk uderzającej o wnętrze kubka łyżeczki roznosił się po całym pomieszczeniu. Inès nie była do końca pewna, czy osoba, która do niej przemówiła, znajdowała się na fotelu odwróconym do okna, czy może gdzieś w okolicy sufitu, skąd dźwięk ów narastał. Było to niemądre, a odpowiedź przyszła w chwilę potem, kiedy fotel drgnął.

Oliwer Micali obrócił się w jej stronę, odstawił kubek herbaty na stół i dziewczyna nie widziała już tylko swego odbicia w oknie. Zabrakło jej powietrza i z pewnością zadrżała. Po tylu latach znowu stanęła przed Oliwerem. Teraz, mając dwadzieścia sześć lat, wyglądał zupełnie inaczej niż wieki temu. Miał dłuższą, bardziej męską szczękę, te płomienne włosy, które dodawały mu tylko uroku, był bardziej muskularny i... błysk w oku, i przenikliwe spojrzenie, niczym radar, które z pewnością już skanowało Inès. Ta myśl spowodowała u niej lekki uśmiech, który on odwzajemnił.

— Bardzo dobrze wyglądasz — powiedział.

— Dziękuję, ty też mnie zaskoczyłeś — odparła, czując, że się rumieni.

Inès była młodsza od Oliwera o dwa lata. Nie straciła jednak swej urody ani nie przytyła. Wyglądała bardzo elegancko, odkąd widział ją jako uczeń gimnazjum.

— Tyle lat minęło... — zaczęła.

— Jedenaście. To niewiele — przerwał jej spokojnie Oliwer. — Tyle spraw niedokończonych.

— Co masz na myśli?

Zaatakował? Już zdołał wykryć wirusa po dokładnym skanowaniu?

— Osiem lat i mieliście otworzyć kapsułki, które wam dałem — odpowiedział, podając jej wrzącą herbatę.

Chwilę zajęło jej poukładanie sobie w pamięci tego, co usłyszała, gdy wreszcie sobie przypomniała. Tak. Kiedy mieli po naście lat, publikowali gazetkę, która opisywała wydarzenia i mieszkańców z ich miejscowości. Działo się to w pewne wakacje i łącznie wydali dwadzieścia numerów, każdy miał jeden egzemplarz przechowywany przez Oliwera. Jak mogła o tym zapomnieć? Tym razem na pewno zalała się rumieńcem. Jej to właśnie pomysłem było wykonanie „kapsuły czasu", zebranie wszystkich numerów pisma i zakopanie ich. On to wszystko zaplanował i sporządził mapki, które miały być otwarte po ośmiu latach, aby wskazać drogę do ich skarbu. Trzem osobom wręczył kapsułki z zamkniętymi mapkami.

— Tak mi wstyd.

Jak on to zrobił? Wypalił przed chwilą z mapkami, jakby przez jedenaście lat czekał, by od tego zacząć. Ważne było wypomnienie błędów w celu ich redukcji. Zawsze ją zachwycał. Pewnie już wszystko o niej wie. Patrzy na nią i już wie...

— A i słusznie. Zastanawia mnie tylko, czy wszyscy zapomnieli. To troszkę nielogiczne, nieprawdaż?

— Ale to pyszne! — wypaliła nagle Inès.

Micali stał przy wielkim oknie i tylko się uśmiechnął. W końcu on zaparzył tę herbatę.

— Jak ci się układało przez te jedenaście lat? Jak widzisz, ja budowałem swoje imperium.

— Tak. Jest imponujące. Budynek i w ogóle. Denerwowałam się przed spotkaniem z tobą.

— Wyszłaś za mąż?

— Nie, ale mało brakowało.

— Pan młody uciekł sprzed ołtarza? — zapytał Oliwer, ale zabrzmiało to jak wyraz troski, nie ironii.

— Można tak powiedzieć — odparła i widocznie posmutniała.

— Przykro mi. Pamiętam twoje plany. Zawsze chciałaś mieć gromadkę dzieci.

— Tak, ale ktoś mi kiedyś powiedział, że marzenia są dla głupich, liczą się konkretne cele...

— Och, cieszę się, że to pamiętasz. Mam jednak nadzieję, że moje mądrości nie zaważyły na wyborach partnerów.

— On miał po prostu wypadek.

Przez moment zapanowała cisza. Nie było w stylu Oliwera Micalego mówić, jak to mu przykro i że współczuje. Po prostu na moment zamilkł i znów skupił się na kobiecie karmiącej gołębie za szybą, przez którą spoglądał. Inès dobrze znała jego sposób bycia, toteż nie oczekiwała udawanego współczucia. Oliwer odwrócił się w końcu w jej stronę i rzekł:

— Perfekcyjna odpowiedź. Musimy kiedyś odszukać miejsce, w którym zakopałem kapsułę...

— Czy to znaczy, że go nie pamiętasz? — przerwała.

— Ależ oczywiście, że pamiętam, jednak waszym zadaniem było jej odszukanie po ośmiu latach. Minęło jedenaście.

Na chwilę znów zapadła cisza. Spojrzał na nią badawczo.

— Nie nudzi ci się tutaj? Masz żonę i dzieci?

— Nie mam — odpowiedział spokojnie. — Czy mi się nudzi? Wiesz, jakby się zastanowić, to w niczym nie różni się moje nowe życie od tego z dzieciństwa i okresu młodości. W domu siedziałem zawsze samotnie, czasem wyrywaliście mnie na piwo albo na jakieś pogawędki. Teraz też siedzę w swoim biurze i czas tak samo płynie. Kiedyś jednak myślałem jak do obecnego stanu dotrzeć. Teraz mam więcej relaksu.

— Na sukces byłeś skazany...

— Jeśli masz na myśli dziadka, to nigdy nie liczyłem na jego majątek. Żyliśmy z rodziną normalnie. Starałem się pokazać, że i mnie stać na wiele. Pracowałem ciężko. Ale pewnie tysiące dostawałem od tak, za nazwisko...

— No i urok — walnęła Inès.

Oliwer tylko się uśmiechnął.

— ΔDQ oznacza wielką siłę, mam dostęp w zasadzie do wszystkiego. To dopiero potęga. Z reguły niewielu osobom tak się zwierzam. W końcu byliśmy przyjaciółmi.

„Byliśmy" ukłuło Inès.

— Jesteś jak król.

— Dokładnie i nie do końca — odparł z uśmiechem.

— Widzisz, nie byłaś tak odległa mi przez te lata, jak ci się wydaje. Pracowałaś dla mnie.

— Jak to?

— ΔDQ ma swoje wtyczki na całym świecie. Zarówno w bankach, ważnych restauracjach, wywieram nawet wpływ na kilku prezydentów, że o prasie nie wspomnę.

— Jestem pod wrażeniem. Masz dopiero dwadzieścia sześć lat.

Oliwer wstał i podszedł do regału z książkami. Był niewielki. Okręcił go o trzysta sześćdziesiąt stopni i jedna z tych niezwykłych ścian w kolorze białym uniosła się w górę. Ukazało się kolejne pomieszczenie. Długi korytarz z setką wysokich regałów dźwigających tysiące egzemplarzy ksiąg.

— Nie mogłem ci tego nie pokazać. Chodźmy. W swoich willach mam kopie tych wszystkich dzieł. Nie mogę się z nimi na dłużej rozstawać.

Inès wstała z fotela i ruszyła za nim.

— Czy to...? — zaczęła.

— Nie. To perfumy ΔDQ. Powstały u nas, a sprzedawane są pod nazwą znanych producentów. Pewnie kolejne pytanie, jakie ci się nasuwa, to czemu nie promuję własnej nazwy. Otóż to, co moje i to, co nosi nazwę ΔDQ jest dla mnie, a stare nazwy z prestiżem nie psują mi reputacji. Gdybyś przyjrzała się torebce, którą trzymasz, na metce z pewnością zobaczyłabyś symbol ΔDQ.

Inès pospiesznie przeszukała torebkę.

— Faktycznie. Mały znaczek. Oko w połyskującym trójkącie i DQ.

— Ta — potwierdził lakonicznie. — Ale znaczek ten nie pojawia się tylko na odzieży, perfumach, jest nawet na samochodach i ulotkach religijnych.

— Słucham? — powiedziała z niedowierzaniem i sądziła, że Micali odpowie jej słynnym: „Przecież słyszałaś".

— Najwięcej instytucji, nad którymi ΔDQ ma władzę, to wydawnictwa. A religie świata wydają miliony pism rocznie.

— Sądziłam, że jesteś niewierzący.

— A jakie to ma znaczenie?

— Wprawdzie żadne, ale czy masz wpływ na religię?

— Oczywiście, że nie na religię... na religie! — zaakcentował ostatni wyraz. — Ale to sprawy poufne ΔDQ i uwierz, nie nadużywam władzy. — Tym razem się uśmiechnął. — Wracając do tego, że dla mnie pracowałaś. Zatrudniła cię firma produkująca komputery. Drobna robótka za niecałe dwa tysiące miesięcznie...

— Ja zarabiałam trzy tysiące pięćset...

Spojrzał na nią z dziwnym uśmiechem.

— Widać, ktoś nad tobą czuwał — rzekł, a Inès zrobiło się przyjemnie ciepło. — Naturalnie firma ta jest własnością ΔDQ, czyli podlega mi.

— Zatrudniała na całym świecie setki tysięcy ludzi. Jak udało ci się...?

— Ciebie znaleźć? Hmm, widzisz, to nie kłopot, bo i od czego są komputery? Wystarczyło od czasu do czasu wpisać w wyszukiwarce znajome imię i nazwisko. A nawet jakbyś miała nowe nazwisko, to podawałaś też panieńskie, nieprawdaż? Potem zatrudniłaś się w drobnym banku. Śledziłem każdy twój ruch i naprawdę byłem dumny z twoich osiągnięć na Uniwersytecie w Oxfordzie. Na moim uniwerku...

— Też jest pod twoją władzą?

— Nie! — Oliwer wybuchnął śmiechem. — Szkoda mi było pieniędzy na cały uniwersytet, ale mamy tam swoich ludzi. Mówiąc „mój", miałem na myśli to, że sam na nim studiowałem.

Inès tylko kiwnęła głową i nic nie powiedziała.

— To cała moja kolekcja. Wymarzona. Ale nie sądzę, że przyszłaś do mnie bez powodu.

— Tak. Jest powód. Przyszłam z nieprzyjemną wiadomością. Przed moim domem znaleziono ciało zamordowanego mężczyzny, który pracował dla ΔDQ.

Oliwer Micali spojrzał na nią ze zmarszczonym czołem.

— Jesteś pewna tego, co mówisz? — spytał rozgniewany, ale nie chciał odpowiedzi i uciszył ją, wyciągając rękę. — Miliony ludzi nie są świadome, że pracują dla ΔDQ, tak jak ty wcześniej. Nikt, kogo byś spytała w banku, w którym pracowałaś, czy w innych znanych firmach, takich jak chociażby „MASHTIE", francuskie pismo o wielkim prestiżu, nikt nie powie ci, że pracuje dla mnie, bo nie zdaje sobie z tego sprawy. Tylko najważniejsze głowy firm... Więc jeśli mówisz, że jakieś ciało leżące przed twoim domem to zwłoki pracownika ΔDQ, musisz mieć na myśli tylko tę właśnie siedzibę ΔDQ...

2

Wierci sobie dziurę w głowie, przez którą tyle ucieka. Martwi się o jutro. Stale to robi. Jutro go przeraża, obezwładnia, sprawia, że nie jest w stanie funkcjonować dziś. Jak długo chce się pogrążać?

Byliśmy sami. Ja i Oliwer. Była to chwila idealna, bym mógł przemówić do przyjaciela. Musiał wiedzieć, że ma we mnie oparcie. To było tego dnia dla niego bardzo ważne.

— Nie wiesz, co tak naprawdę mnie teraz czeka — odpowiedział po chwili. Starał się na mnie patrzeć, choć widziałem, jak zmęczony był tym wszystkim, co go ostatnio spotkało.

— Staram się myśleć nad tym razem z tobą. Pamiętaj, że tam, gdzie niewiele możesz zrobić, nie możesz się zagłębiać. Zachowaj rozsądek i zajmij się tym, co jest najważniejsze.

— Obawiam się, że nie wiem, co jest teraz najważniejsze. Ale dowiem się.

Cały Oliwer. Nie umiał okazywać słabości, choć znalazł się w prawdziwym bagnie. Byłbym głupcem, gdybym nie zdawał sobie z tego sprawy. Oliwer Micali był zbyt ważny dla tego świata, aby mieć gorsze chwile. Musiał temu sprostać, dlatego nie chciałem go męczyć tanimi tekstami o tym, jak bardzo go rozumiem, jak wiele przed nim, musiałem być jego drugą półkulą mózgu.

— Tristanie, to wszystko tak nagle się wydarzyło. Rozmawiałem z dziadkiem na ten temat. W ciągu ostatnich dwudziestu ośmiu lat eXst eXiste nie miało zmierzyć się z czymś podobnym... gadam bzdury. eXst eXiste to nie dotyczy przecież.

— Jesteśmy członkami stowarzyszenia i twoimi przyjaciółmi. Twoje problemy dotyczą i nas. Jednakże jest nieco racji w tym, co mówisz. Członkowie dla własnego spokoju nie powinni być o tym informowani, to zwiększy napięcie. A wydaje mi się, że z czasem wszystko się wyjaśni.

— Zgadzam się. Dwadzieścia pięć pierwszych lat eXst pod rządami mojego dziadka było trudnym okresem po dogasającej wojnie. Potem, gdy ojciec Gregory'ego rządził przez następne dwadzieścia pięć lat, eXst przeżywało swoje złote ćwierćwiecze, także rozwój intelektualny i księga zasad rosła. Sprawuję władzę z nową grupą dopiero od czterech lat... może to próba. Szkoda mi go. Był dobrym współpracownikiem. To jakby oderwano mi prawą rękę. Albo lewą, prawa musi być sprawna.

— Widzisz, nie możesz się gnębić. Nie jesteś taki. Spotkania eXst zapewne wniosą wiele dobrego. Musisz o nich pamiętać. One zawsze służyły rozwojowi. Nie możesz jednak wchodzić w to morderstwo po same kolana... nie ma sensu, trzeba czekać. Pozostaje jeszcze twój brat.

— Nawet o nim nie wspominaj! Nie wiem, co mu odbiło. Jest...

Urwał. Wiedziałem, o co chodzi. Brat Oliwera zrzucił na niego kolejny ciężar. Oprócz eXst eXiste i przewodniczenia nad nim, Micali miał na głowie jeszcze morderstwo współpracownika korporacji ΔDQ. Po samobójczej próbie brata, Oliwer został jedynym kandydatem na stanowisko szefa rodzinnego interesu. Firma miała od momentu śmierci dziadka przejść właśnie w jego ręce. Tak bynajmniej poinformowano media. To kolejny ciężar, o tak! Choć brat przeżył, nie życzył sobie odwiedzin rodziny, która poruszona bardziej skandalem medialnym, była po prostu wściekła.

Z bratem Oliwera wiązali wiele planów, a firma była jednym z najważniejszych. Wybryk młodego Micalego na razie pozostawał niewyjaśniony. Oliwer był równie wściekły. Wywiad, który Gregory oglądał w telewizji, kiedy pierwszy raz zobaczył Oliwera, był ustawiony. Do tego czasu ogłoszono, że to Główny Przewodniczący eXeX ma rzekomo przejąć firmę.

Nie zastanawiałem się nad tym, czy słusznie mój przyjaciel gniewa się na brata. Ten zrzucił na niego przewodniczenie największą na świecie firmą produkującą sprzęt elektroniczny, jakby Oliwer nie miał na głowie stowarzyszenia, o którym świat nie wiedział oraz własnej korporacji ΔDQ. Największy problem tkwił w tym, że chłopak nie miał prawa okazać słabości. Nie jęczał i nie użalał się. Wszyscy mogli zawsze na tym człowieku polegać. Dlatego go odwiedziłem i dlatego wiedziałem, jak zakończyć tę rozmowę:

— Jesteś silny, Oliwerze. Wiesz to, pokazujesz to na każdym kroku. W nikogo tak nie wierzę jak w ciebie i twój spokojny umysł. Bez ciebie eXst ległoby w gruzach, bez ciebie ΔDQ nie byłoby taką potęgą. Osiągnąłeś tak wiele, równie wiele odrzucając. Sam, bez nazwiska dziadka i rodziców, budowałeś swoje królestwo, zdobywając tym samym nasz szacunek. Dlatego...

— Wiem, Tristanie. Zdaję sobie z tego sprawę, jak bardzo mnie rozumiesz. Wiem też, że na pewno nie chcesz, bym tego słuchał. Oczywiście, że dam radę. Jak zawsze. Potrzeba mi tylko czasu. Być może w ΔDQ wszystko przyjdzie mi prostszą drogą.

— Raport, panie Micali.

Ktoś z dołu przyniósł jakieś kartki spięte spinaczem i włożone w gładką, nową koszulkę. Oliwer spojrzał na pierwszą stronę. Potem na stojącego pracownika

ΔDQ. Patrzyłem na wystraszonego mężczyznę, stojącego już przy drzwiach.

— Co to jest? — zapytał. — Wydaje mi się, że to zbyt krótkie. Prosiłem o dokładne...

— Szefie, zapewniam, że spędziłem sporo czasu, by znaleźć wszystkie...

— A ja mam inne wrażenie. Wydaje ci się, że ja to tylko czytam? Tak myślisz? Dowiedz się zatem, że w biurku leży sterta większych i przygotowanych z precyzją raportów z tego tygodnia. Ale ja tylko je czytam.

— Nie chciałem, by odniósł pan takie wrażenie.

Podszedł i wziął od Oliwera kartki. Wyszedł z opuszczoną głową.

— Ostro — powiedziałem.

— Na czym skończyliśmy?

— Na jak długo chcesz wrócić do Walii? — spytałem.

— Nie martw się. Wrócę najszybciej, jak tylko się da. Tymczasem spotkania eXst muszą trwać nadal.

Oczy mi zabłysnęły. Cieszyłem się, że nie odebrał nam spotkań eXeX.

— Jako mój zastępca, razem z Markiem i Agamemnonem dacie sobie radę. Chciałbym jednak, abyście informowali mnie o tym, jakie tematy podejmujecie i jak je nasi członkowie rozwijają. To chyba...

— Oczywiste — przerwałem mu i podszedłem do wielkiego okna. — Oliwerze, możesz na mnie polegać. Rozumiem, że wciąż nie chcesz, abym został Przewodnikiem Gregory'ego?

Musiałem spytać. Oliwer wstał i także stanął koło mnie.

— Uparty jesteś, ale w tej chwili nie jest to możliwe.

Choć wytłumaczyłem mu, dlaczego tak bardzo mi na tym zależy, pozostawał nieugięty, ale ja nie potrafiłem odgadnąć dlaczego. Czułem, że w odpowiednim momencie zgodzi się i będę mógł prowadzić młodego Yarda ścieżką, jaką powinien dążyć...

3

Ciepłe spotkanie rodzinne, choć niespotykane często, odbyło się w siedzibie ΔDQ. O tak późnej porze, a było już kilka minut po północy, w budynku znajdowały się trzy osoby. O trzy za dużo. Oliwer spotkał się z dziadkiem, a rozmowie miał towarzyszyć także jego... ojciec. Panowie usiedli na białych fotelach naprzeciw Oliwera. Na zewnątrz wiał przyjemny wiosenny wiaterek. Chmury jednak podtapiały silny księżyc, zbierały się na popołudniowy ostatni opad śniegu. Biuro Oliwera, idealnie białe, wpuszczało cień rzędu regałów z otwartej biblioteki. Właściciel musiał dziś spędzić tam sporo czasu. Zapach prywatnych starych woluminów napływał, niczym woń morskiej wody w okolicach Villon Pray, za lasem znajdowały się ostre klify szarpane tamtejszym morzem. Stukot łyżeczki w kubku herbaty przerwał dziadek Oliwera:

— Wiesz, po co tu jesteśmy, wnusiu. Domyślasz się także, że bardzo nam na tym zależy.

Mówił wolno. Wiedział, że szanse na sukces tego spotkania są bardzo niewielkie. Choć kochał wnuka, powierzył mu udziały i przewodnictwo w swojej firmie, nie rozumiejąc decyzji Oliwera, postanowił spróbować. Oliwer Micali rządził już trzecim pokoleniem eXst eXiste. Pierwszym Głównym Przewodniczącym oraz założycielem stowarzyszenia był właśnie jego dziadek. Ustąpił po dwudziestu pięciu latach, o dziwo, nie ojcu Oliwera, a panu Yardowi. Młody Główny Przewodniczący patrzył na dziadka ze spokojem. Wiedział, dlaczego chcieli go zobaczyć.

— Twój brat potrzebuje pomocy.

— Tak, dziadku. Stać nas na najlepszą z możliwych.

— Przyjmij go do eXst — odezwał się ojciec Oliwera.

— Siedź... cicho — wypalił mu syn.

— Oliwerze. Przychodzimy do ciebie z prośbą — uspokoił dziadek. — Prosimy, abyś przemyślał sobie wszystkie wydarzenia, jakie nas ostatnio spotkały. Twój brat...

— Znam swojego brata. Znam też swoje prawa w eXst eXiste. Moja odpowiedź nie brzmi na tę chwilę nie. Brzmieć tak będzie do końca. Nie przyjmę brata do stowarzyszenia.

— Więc ta rozmowa wydaje się być skończona... — powiedział zdenerwowany ojciec chłopaka.

— Dokładnie. Przydałoby mi się, abym sprawy ΔDQ załatwiał tak szybko.

— To twoja decyzja. Muszę się z nią liczyć. Jesteś teraz panem tej grupy — kontynuował rozgorączkowany Alexander Micali.

Oliwer pociągnął głośno duży łyk herbaty.

— Czy mam rozumieć, że nie chcesz się z nim widzieć?

— Jestem... ostatnimi czasy bardzo zajętym człowiekiem. CHŁOPAK MA PRZECIEŻ RODZINĘ! Wspierajcie go! Nie oczekujcie wiele, a dojdzie do siebie. Powinien sam dojść, zrozumieć. Dziadku! Nie potrzebuję kalekiego umysłu w grupie. Wiesz o tym. Sam przygotowałeś bogaty kanon podstawowych zasad. Staram się panować nad grupą, która ma zmienić losy historii, losy każdego człowieka na Ziemi. Nie jestem... odpowiednią osobą do opieki nad nim.

— Powinniśmy ci pomóc — odparł dziadek. — Pomyśleliśmy o zmianach.

— Dziękuję, że informujesz mnie o tym. Każdy twój pomysł, poprzez szacunek do twego doświadczenia, jestem zobowiązany rozważyć.

— Pomyślałem z twoim ojcem o odciążeniu ciebie od pewnych funkcji...

— Dziadku. Nie masz... nie znajdziesz odpowiedniej osoby na stanowisko twojego zastępcy czy kierownika ΔDQ. To niemożliwe. Nie w naszej rodzinie. — Posłał ojcu stanowczy, nasycony jadem uśmiech. — Ruina. To zostanie po wielkim nazwisku Micalich. Dam sobie radę. Choćbym jutro umarł, mój duch będzie przewodniczył eXst eXiste i błąkał się tu i ówdzie po korytarzach firm, by pilnować porządku.

— Myślimy jak najbardziej poważnie, aby i ciebie nie...

— Czy ja mógłbym postradać zmysły? Bądźmy poważni. Chciałbym zjechać dziś do Loley, tak bardzo, jak chciałbym dziś zasnąć w swoim łóżku. Sądzę, że rozmowa faktycznie jest już skończona.

— Wiem, że nie mam praw decydowania o eXst...

— Dziadku, miałeś... w swoim czasie, w przeciwieństwie do ojca. Teraz racja, nie masz żadnych praw do mojego stowarzyszenia. Przede mną ponad dwadzieścia lat piastowania tego zacnego tronu Głównego Przewodniczącego. Nie musicie się obawiać. A z bratem porozmawiam, kiedy nadejdzie odpowiednia chwila.

Gdy dwoje gości opuściło mury ΔDQ, Oliwer wszedł jeszcze do biblioteki, chwytając biały wydruk i chowając go między dwie książki w pozłacanych okładkach. Małym pilotem zamknął swój skarbiec, zgasił światła budynku i udał się na parking.

4

Nierobiące hałasu, wielkie białe drzwi w najważniejszym pomieszczeniu ΔDQ rozsunęły się powoli, ukazując wysoką i dobrze zbudowaną postać. Ciało rzeźbione ciężką pracą w siłowni, opięte szarym podkoszulkiem, ledwie mieściło się w futrynie. Oliwer podniósł tylko wzrok, aby znów wrócić do pisania na swoim laptopie. Za oknami, zajmującymi prawie całą ścianę naprzeciwko drzwi, szalała burza. Ja grzebałem w zbiorach książek Oliwera, a Marco siadł *vis-à-vis* i tylko jęknął. Zaraz się zacznie.

— Słyszałem już o nowym nabytku — powiedział Sergiusz, kierując się w stronę biurka. — Kolejna wielka postać ma zaszczycić eXst eXiste.

— Ciszej, Agamemnonie — szepnąłem z drugiego pomieszczenia.

Oliwer tylko spojrzał mu prosto w oczy. Dostał swą odpowiedź. Sergiusz nie wyglądał jeszcze na zdenerwowanego. Przybrał dziwną, obojętną minę i dodał:

— Sądziłem, że stać nas na więcej. Nie masz w tym żadnego interesu, przyjacielu. Mimo to do eXst trafia sama śmietanka.

— Nalegam, aby Agamemnon się uspokoił — odezwał się Marco. Spojrzał na kolegę, choć mówił to raczej do Oliwera.

— Rozmawiałem już z tobą o tej sprawie — odpowiedział Oliwer. — Proszę, abyś pamiętał o zasadach, które sam nocami przepisywałeś.

Oliwer miał naturalnie na myśli zakaz wypowiadania nazwy stowarzyszenia poza La Forêt de Colin, lasem, w którym znajdowała się kwatera eXeX. Agamemnon uśmiechnął się, dając sygnał, że nie podda się łatwo.

— Zauważ, że obrażasz nas — dodał Marco. — Wiem, że to dziwnie brzmi, ale nazywasz nas śmietanką, bo osiągnęliśmy już wiele.

— Co takiego osiągnąłeś?

Tym razem Sergiusz nieco się uniósł. Ale Oliwer wstał od biurka i szepnął: „Dość".

Temat był skończony. Marco był synem bankowca z Ameryki, często tak właśnie określał go Agamemnon. On sam zarabiał na życie jako mechanik w warsztacie samochodowym. Z Oliwerem łączyła go wieloletnia znajomość. Stąd jego pozycja w stowarzyszeniu. Nie było tajemnicą, że na najwyższych pozycjach w stowarzyszeniu stoją bliskie Oliwerowi osoby. Wydawać by się mogło, że Oliwer Micali, wnuk zamożnego lorda z Wielkiej Brytanii, kocha — niczym kobiety diamenty — otaczać się ludźmi znanymi. Stąd wziął się problem. Przyjęcie w szeregi eXeX Gregory'ego Agamemnon traktował jako największy błąd. Uważał, że zbyt wiele znanych nazwisk zaśmieca stowarzyszenie. Z wieloma osobami Agamemnon nie miał specjalnych kontaktów.

— Oliwerze, źle robisz. eXst eXiste znaczy dla mnie bardzo dużo, dlatego też uważam, że w naszej grupie powinni pojawiać się ludzie inteligentni — nie dawał za wygraną Sergiusz. — Gregory Yard to chodzący plastik. Widziałeś jego sesje, on ma własne pismo, w którym ukazują się jego zdjęcia, poza tym słyszałem, że to dziwak. Skąd ci przyszło do...

— Sądzisz, że Oliwer robi sobie z nas żarty? Albo z samego stowarzyszenia? — przerwał mu Marco.

— Spokojnie już.

— Właśnie, że nie do końca spokojnie! — Mięśnie na szyi Agamemnona spięły się bardziej. — Marco pieprzy, bo to on jest Przewodnikiem Yarda, dlatego może się wykazać i broni tego chorego pomysłu.

Marco chciał coś powiedzieć, ale wyszedłem z biblioteczki i ściskając książkę w metalowej okładce, rzekłem:

— Ale czy ta dyskusja ma sens? — Spojrzał pytająco na Oliwera. Dobrze grałem swą rolę. — Przecież Gregory Axel Yard otrzymał już oficjalny list powitalny. Poza tym, czy ty Agamemnonie nie wiesz, że ojciec jego był jednym z GP eXst? Nie znasz go. Będziesz mieć okazję poznać. Jak my wszyscy zresztą. eXst eXiste nie odnosi porażek. Nie widzę więc najmniejszego sensu zastanawiania się dziś, czy dobrze robimy, przyjmując tego chłopaka.

— List można uznać za nieważny, a chłopak i tak nie ma pojęcia, CZYM NAPRAWDĘ JEST eXst! Wedle zasad Przewodnik nie może przekazywać informacji przed wystąpieniem nowego... Jeden z nas nagina...

— Nie zasłaniaj się zasadami, Agamemnonie. — Marco uśmiechnął się. — Wypowiadasz nazwę stowarzyszenia, mimo że w ΔDQ pracuje masa ludzi i wcale nie jest to dla mnie nowością, że jestem Przewodnikiem, to mój drugi wychowanek.

— Wychodzę do pracy. — Sergiusz zdawał się nie przejąć wyjaśnieniami Marca. — Prześlij mi temat kolejnego spotkania.

— Kolejnym spotkaniem będzie chrzest nowego członka — podkreślił Marco.

Ale Agamemnon już wyszedł. Oliwer kazał być Marcowi spokojnym, na co ten zrobił obrażoną minę i zniknął ze mną w biblioteczce. Oliwer nie był w stanie myśleć o tylu sprawach na raz. Dziadek wymagał od niego zaangażowania w firmie, jednocześnie miał też dbać o eXst eXiste. Nowym członkiem stowarzyszenia miał być Daniel Rosser. Wiedziałem jednak, że Oliwer myśli już o kolejnej osobie, popularnym piłkarzu. Burza minęła, zarówno ta w pomieszczeniu, jak i na zewnątrz. Słońce jednak nie wyszło.

ELITA

ROZDZIAŁ SIÓDMY

◯◯

KSIĄŻĘCE PRZYZWYCZAJENIA

Człowiek nie po to odstawia na bok zasady, przykazania i morały, aby poruszyć tych, którzy je dobrze znają. Chce przekraczać granice, by poznać, co się za nimi znajduje. I nie widzi oburzenia innych. Widzi przestrzeń poza granicami. To egoistyczne, ponieważ można zostawić więcej, niż się ujrzy... Jeśli ktokolwiek poczeka, powrót jest radosny.

1

Wolnym krokiem przemierzaliśmy jedną z fabryk należących do Micalich. Wszystkie obiekty powstawały w duchu zrodzonych w Rosji konstruktywistycznych budowli. Zachwycały swą złożonością kombinacji geometrycznych, niektóre prostotą. Zawsze konstruktywizm budził we mnie niepokój. Ogrom geometrii mnie przytłacza, podobnie jak wielkie okna wkomponowane bezlitośnie w grube mury.

Oliwer mówił to do mnie, to do jednego z kierowników zmiany. Nagle otworzyły się jedne z dwuskrzydłowych, masywnych, metalowych drzwi i wyszła z nich grupka pracowników w pastelowozielonych fartuchach. Jedna z pracownic głośno komentowała swoją zmianę sprzed przerwy. Pracownicy wracali ze śniadania. Kobieta narzekała na jedną z przełożonych. Miała zabawny głos, była gruba i po czterdziestce. Mówiła głównie do swojej chuderlawej koleżanki, która wyglądała, jakby na przerwach śniadaniowych posilała się jedynie papierosami. Trąciła nimi z tamtej odległości.

Oliwer zatrzymał obie. Obserwowałem, jak zaskoczone straciły głos. Chciał wyrzucić grubą kobietę, mówił coś o lojalności, zasadach pracy, roli kierowników kobiet i całej zmiany... Mnie jednak przypomniało się, jak musiałem pracować przez cztery miesiące w podobnej fabryce. Już od samego początku, po kilku godzinach kursu organizowanego przez fabrykę, zaprowadzono nas na halę. Była potężna. Będąc młodym osiemnastoletnim chłopakiem, wyglądałem raczej żałośnie. Byłem szczupły, nie miałem w sobie nic urzekającego. Zresztą wygląd w takim miejscu i tak nic nie znaczy.

Fabryka była wyzbyta wszelkich pozytywnych emocji. Ludzie patrzyli na siebie spode łba. Było mi bardzo żal tych, którzy pracowali tam od początku jej istnienia. W większości były to starsze kobiety. Miały ponad czterdzieści lat, ale wyglądały na znacznie więcej. To byli ci ludzie, którzy muszą pracować, by żyć, by minimum, jakie otrzymywali, zaspokajało ich drobne potrzeby. Muszą mieć, za co płacić rachunki, wykarmić rodzinę czy ubrać dzieci. Nie ma w tym nic złego, poza tym, że życie ich mogłoby toczyć się po szczęśliwszym torze... Każdy ma przecież jakiś wybór. Nie każdy ma jednak siłę, motywację i ambicję, by dążyć do życia ponad tym przeciętnym.

Praca nie należała do najlżejszych, choć wspominam ją jako dobre doświadczenie, przede wszystkim psychiczne. Jestem niezłym obserwatorem. Ludzie traktowali ją poważnie, oczywiście przez pierwsze cztery godziny pracy, po przerwie wracali zniechęceni. Na hali było kilka taśm, po których sunęły elementy składające ekrany komputerów. Każdy miał swoje stanowisko, odpowiadał za nie. Błąd jednego mógł nawet zatrzymać produkcję.

Powinienem zacząć od tego, że na samej pracy mi nie zależało. Musiałem jednak zarabiać. Nie byłem zbyt rozmowny, choć odpowiadałem na zadawane czasem pytania. Ludzie byli w swym żywiole. Podczas wykonywania czynności poganiali się, denerwowali... to ciekawe, bo podczas przerw byli sympatyczni. Cel, który trzeba zrealizować i zamknięcie w fabryce potrafią wzbudzić w człowieku potrzebę odwalenia swojego, aby wrócić w końcu do domu. Czułem gniew... miałem ochotę zwymiotować, słysząc, jak podczas przerw pracownice opowiadają sobie o przepisach na ciasta, o perfumach czy nowych lumpeksach. Po powrocie na halę znów otwierały paszcze i darły się na siebie. Na mnie nie. Byłem nowy i młody.

Pamiętam jednak, jak pewnego razu do szału doprowadziła mnie kierowniczka zmiany. Miała twarz pokrytą zmarszczkami, przypominała trochę buldoga. Miała okropne spojrzenie, wyglądała, jakby chciała kogoś zamordować, niektórzy ludzie mają takie spojrzenia. Czasem widziałem, jak łagodniała, zajęta była wtedy sobą przy swoim biurku. Robiła obchód, by sprawdzić, dlaczego jej taśma ma najmniej złożonych ekranów. Stałem wówczas prawie na końcu taśmy i podłączałem kable. Jednak, aby to zrobić, ekran komputera musiał do mnie podjechać. Jeśli nie puszczono go ze stanowiska obok, ja nawet ze swą małą robótką nie mogłem ruszyć. Na wszystko miałem kilkanaście sekund, ale się wyrabiałem. Podeszła do mnie i otwierając swą paskudną mordę, wrzasnęła: „PUSZCZAJ! SZYBKO!". Nacisnąłem na pedał i ekran pojechał dalej. Zdarzenie miało miejsce w pierwszej godzinie pracy... przez kolejne siedem godzin przeklinałem w duszy tę wiedźmę.

DEMONTAŻ

Taśma to najgorszy tor. Znacznie lepiej było mi przed nią, gdzie rozpakowywałem elementy ekranu, przygotowywałem je na taśmę. Były to głównie ramy.

Pracowałem tam z ludźmi o wiele sympatyczniejszymi. Nawet ich problemy życiowe były ciekawsze, ale co ważne, nie interesowało mnie już życie na taśmie. Miałem więcej luzu, mogłem schować się za kartonami, gdy nie było już nic do zrobienia, i odpocząć. Czułem się jednak cały czas jak odludek, jak przybysz z nieznanej ziemi. Nie mówiłem nikomu, że piszę. Dziwne uczucie odczuwałem nawet wtedy, gdy mówiłem, że planuję iść na studia. Nie brakowało tam też pracowników z wykształceniem wyższym, zajmowali lepsze stanowiska albo po prostu pracowali w pastelowo zielonych barwach, jak ludzie z wykształceniem średnim, zawodowym bądź bez wykształcenia.

Ludzi dziwnych nie brakuje. Pamiętam kobietę po trzydziestce wyglądającą jak wyjęta z poprzedniej epoki. Miała błądzące spojrzenie, mówiła trochę jak dziecko. Z pewnością miała swój świat, który był dla innych powodem do śmiechów. Musiała być dziewicą, o tak. Nie miała także partnera. Przez członek mężczyzny zostaje kobiecie przekazane antidotum, które nie pozwala jej zwariować. Dziewictwo to najgorsze paskudztwo krążące pod nogami człowieka. Tak wtedy uważałem. Tacy ludzie po prostu są, oczywiście nie zdają sobie sprawy ze swojej inności, tak mi się wydaje. Zachowują się jak lunatycy, mówią brednie. Otoczenie słucha ich i się z nich śmieje. To nie komicy, nie politycy, nawet nie wariaci, których należy izolować. Nieszkodliwi wariaci. To było przykre. Nie dlatego, że kobieta była pośmiewiskiem, bo faktycznie było z nią wesoło. Smutno mi było wtedy, kiedy czułem się do niej podobny. Nie byłem wprawdzie już prawiczkiem, na szczęście! Ale byłem tak samo odległy, tak samo obcy tym wszystkim ludziom.

Mam pamięć do twarzy... Spośród tysięcy pracowników z pewnością poznałbym dziś niektórych. Pamiętam sporo osób. Nie umiałem się zaprzyjaźnić, zakolegować... to nie wchodziło w grę, nie byłbym w stanie stworzyć pozytywnych relacji z ludźmi, którzy podczas pracy pokazywali, jak są chamscy. Nie pasowałem do współtworzenia masowej produkcji. Wyrwałem się ze swych wspomnień i spojrzałem na Oliwera. Poprosiłem, by nie wyrzucał pracownicy tylko dlatego, że wyrażała się źle o przełożonej. Choć chciał to zrobić, wysłuchał mnie i skończyło się to dla tej pani naganą. Poczułem ulgę, bo wiem, co znaczy rozpaczliwie tracić funkcję pracownika produkcji bezpośredniej.

— Nie spodziewałem się, że zainteresuje cię jej los — powiedział Oliwer, gdy opuszczaliśmy fabrykę.

— Mówiłem ci, że pracowałem kiedyś w podobnym miejscu. Ludzie żyją tutaj w zamknięciu przez osiem godzin. To nie jest przyjemna praca, nie jest też od nich zależna, więc staram się ich dziś rozumieć.

— Wiem, że nie jest to praca marzeń. Fabryki dziadka są dochodowe. To jego marka, nad którą sam ciężko pracował. Warunki...

— Wiem, Oliwerze, że tutaj dbacie o warunki. Pracowałem latem. Pamiętam, jak w upalne dni niektóre dziewczyny mdlały. Taka hala jest jak ul. Hałas i upał

najbardziej męczą zmysły. To nie jest robota dla sła-
bych.

— Więc może powinienem był ją zwolnić?

— Absolutnie nie. Ona wróci na stanowisko jeszcze
bardziej wkurzona, ale i wdzięczna, że ma dalej pracę.
Na tym to polega. W końcu człowiek musi się zmęczyć
w pracy, by czuć, że na pewno żyje.

— Nie bądź niesprawiedliwy — rzekł Oliwer, wyglądał już na zmęczonego. Ani jemu nie chciało się
tłumaczyć, co znaczy praca w firmach Micalich, ani
opowiadać w duchu eXst eXiste o prawach jednostek
eX. Drobne doświadczenie, jakie przeżyłem w pewne
wakacje, dało mi argument za tym, że nie jestem hi-
pokrytą. Miałem, dzięki Bogu, nakierowany na sukces
umysł. A to pierwszy krok do opuszczenia bagna.

2

Do siedziby ΔDQ zawitała dawna znajoma Oliwera,
Inès, która oznajmiła mu, że pod jej domem znaleziono ciało zamordowanego pracownika ΔDQ. Jak
odkryła zwłoki?

Widok starej topoli nigdy jeszcze tak nie wystraszył
młodej Inès. Nieraz nocami wielkie gałęzie malowały
cienie na ścianach jej pokoju, przypominając szpony
z najgorszych horrorów, których tak nie znosiła. Tym
razem nie była to dziecięca fobia. Pod starą topolą
przy Villon Pray 18 wyraźnie widziała ludzkie ciało

nieporuszające się od ponad siedmiu minut, podczas których nieustannie patrzyła w tamtym kierunku. I może nie byłoby w tym nic dziwnego, ponieważ sen pod drzewem mógł być dobrym pomysłem, tym bardziej w tak urodziwej miejscowości jak ta na północy kraju. Może i nie, ale był chłodny, marcowy dzień i na dodatek z grubych chmur padał deszcz. Tworzył koła na jeziorze i spływał po szybie, za którą stała Inès.

Postać leżąca pod drzewem w niczym nie przypominała jej kogoś znajomego. Zastanawiała się, czy przypomina człowieka. To jednak, co zdołała ujrzeć zza okna, nie równało się widokowi z bliska. Policja zrobiła zamieszanie i wzbudziła niemałe zainteresowanie mieszkańców Villon Pray.

Dzwonek do drzwi zabrzmiał złowrogo, więc Inès w pośpiechu zaczęła wciągać jakieś spodnie i zapinać koszulkę, zbiegając po schodach, aby otworzyć. Stał przed nią policjant. Pachniał czterema spalonymi papierosami, na jego twarzy gościł ślad zmęczenia. W istocie to nie był dla niego dzień na sprawę morderstwa w nudnym Villon Pray. Deszcz powędrował już dalej, z pewnością do sąsiednich wiosek zatopionych w oceanie lasów. Policjant wyglądający może na czterdziestolatka, który przypominał dodatkowo przestarzałą wersję hollywoodzkiej gwiazdy, zmierzył Inès posępnym spojrzeniem. Dziewczyna normalnie wybuchnęłaby śmiechem, jednak najważniejsza była sprawa, której nie potrafiła pojąć... Sprawa, która leżała teraz pod starą topolą.

— Czy to pani wezwała policję? — mężczyzna zapytał, po czym się przedstawił. Nazwisko było jej znajome. Wydawało się należeć także do jej pierwszej miłości. Inès z trudem ukryła uśmiech.

— Tak, to ja. Czy już coś wiadomo o tym ciele? — zapytała Inès, patrząc z uwagą w pomarszczoną twarz mężczyzny.

— Owszem. Śmiemy przypuszczać najgorsze.

— To morderstwo?

— Ach, to nie ulega wątpliwości. Ciało ofiary zostało perfekcyjnie przyczepione do drzewa.

— Nie rozumiem, co pan chce przez to powiedzieć?

— Przez ciało tego mężczyzny przechodzi około tysiąc cienkich drucików, przecinają także drzewo. Usunięcie stamtąd zwłok może skutkować zniszczeniem domu.

— Jest pan pewien? Jak to w ogóle możliwe? — Inès sprawiała wrażenie totalnie osłupiałej. To, co przed chwilą usłyszała, przerastało jej wyobraźnię.

Nie odpowiedział, zerknął tylko za siebie, po czym zaczął dreptać wzrokiem po schodach biegnących na piętro w domu Inès.

— Oczywiście przygotowanie tego wszystkiego zajęło mordercy trochę czasu, zatem domyśla się pani, że interesować mnie będzie, czy dziś nie zauważyła pani tu kogoś, czegoś dziwnego?

— Nie mogłam. To znaczy, ja mam pokój po drugiej stronie domu, od lasu. Widok na tę starą topolę

i jezioro mam jedynie, kiedy jestem w kuchni i w godzinach nocnych, gdy śpię w sypialni na poddaszu.
Bywa, że jestem tak zajęta, że zasypiam przy biurku.
Ale nie wyjaśnił mi pan, co jest gorsze poza tym,
że to morderstwo. Czy jestem w niebezpieczeń-
stwie?

— Tego nie wiemy, ale być może. W końcu to pani
podwórko wybrał zabójca, pani drzewo... Chodzi o to,
kim jest ofiara.

— Czy to ktoś związany ze mną? — powiedziała
ciężko, a w piersiach poczuła nagły przypływ gorąca.
— Co udało się panu ustalić?

— Nie sądzę, aby ofiara była pani bliska, ale mogę się
mylić. Kojarzy pani nazwisko Sturptyfloe?

— Nie kojarzę. A teraz leży zamordowany pod moją
topolą?

— Nie to, szanowna pani, jest istotne. Czy wie pani,
z czym Fabrice Sturptyfloe był związany? Wątpię. Nie
wiem, czy chociaż ΔDQ mówi coś pani...

Coś jakby chwyciło Inès za serce i ktoś chyba uderzył
ją w głowę. Na jej skórze pojawiła się gęsia skórka.
Jak mogłaby nie znać ΔDQ? Ona? Wiedziała dobrze,
kto jest twórcą tej potęgi, choć nie znała zasad jej
istnienia.

— Czy ΔDQ mogło mieć związek z tym morderstwem? — spytała zdenerwowana. Spytała, mimo że
nie chciała usłyszeć odpowiedzi.

— Nie zrozumiała mnie pani — rzekł policjant kry-
jący zdziwienie, ale chcący wyglądać na wybawiciela

od błędnych idei. — Fabrice Sturptyfloe pracował dla ΔDQ i śmiem twierdzić, że przy samym boku Oliwera Micalego.

Nie, to już była przesada. Na pewno się przesłyszała. Oliwer Micali, znów usłyszała o nim po tylu latach. Po tylu latach w spokojnym Villon Pray, nagle przed jej domem zjawia się trup, który był bliskim znajomym JEGO... Oliwera.

— Nic nie jestem już w stanie panu powiedzieć. Mogłabym zobaczyć zwłoki?

— Słucham? Zapewniam, że widok...

— Wie pan, przyszła mi do głowy przez moment taka myśl, że może... znam tego człowieka.

— Skąd taka myśl? — odparł policjant, a jego twarz rozbłysła uśmieszkiem.

— Ponieważ niegdyś bardzo dobrze znałam Oliwera Micalego. Szefa ΔDQ.

Myliła się. Fabrice Sturptyfloe nie był jej znany. Widok mężczyzny pod starą topolą był jednak wstrząsający. Na twarzy widoczne były cieniutkie igiełki, które — jak zapewnił policjant — przecinały głowę ofiary i drzewo. Sam zamordowany wyglądał spokojnie, nie krwawił. Z otwartych zastygłych oczu wystawały cztery druciki. Ręce miał złożone w okolicach brzucha. Wpatrzony był jakoby w stary wiatrak przy Villon Pray 23 odległy nieco od pozostałych domostw. Majestatyczna budowla z potężnymi skrzydłami zasłaniała blade słońce próbujące wyskoczyć zza ponurych chmur.

3

Pewnego dnia na uczelni miał miejsce nieprzyjemny incydent. Trzech chłopaków napadło na Gregory'ego, wykorzystując fakt, że ochroniarze znajdowali się za drzwiami gabinetu, a wykładowca wyszedł z sali. Zaczęło się od tego, że jeden z napastników podszedł do Gregory'ego i uderzył go w twarz. Chłopak nie śmiał wołać pomocy. Studenci sprawiali wrażenie, jakby nic się nie stało. Yard wstał i zmierzył wzrokiem chłopaka, ale cokolwiek zdążył uczynić, dostał z pięści w brzuch i do ataku przyłączyli się jeszcze dwaj koledzy. Wtedy to zrobiło się lekkie poruszenie, a wykrzykiwane wyzwiska zwróciły uwagę ochrony. Skończyło się po kilku sekundach.

Koledzy zostali ukarani. Chłopak tym faktem nie był ani ucieszony, ani specjalnie poruszony. Oprócz bólu w okolicy klatki piersiowej i brzucha miał siniaka pod okiem. Rektor uczelni oraz pozostały w gabinecie ochroniarz kombinowali nad tym, jak zatuszować sprawę. Patrzyli co jakiś czas na Gregory'ego. Ten milczał, nie śmiali nawet go o cokolwiek pytać. Jedno było pewne, jeśli pan Yard się dowie, rozpęta się mała apokalipsa. Gregory dobrze o tym wiedział, nawet cieszyła go ta myśl, choć nie chciał, aby się ziściła. Czekał aż coś wymyślą. Grupa została zastraszona, co jednak nie było wielce konieczne. Wszyscy szybko usunęli z pamięci to, co się stało. Atmosfera w gabinecie była naprawdę napięta. Do chwili, w której odezwał się telefon Gregory'ego. Chłopak spojrzał na przerażonych mężczyzn jak na idiotów. Dzwonił Victor.

— Słucham. Niestety jutrzejsza sesja musi zostać przesunięta...

Po chwili opowiedział, co się wydarzyło, wbrew przerażonym spojrzeniom ochroniarza i rektora, którzy wciąż obawiali się przemówić do Yarda. Nowoczesne urządzenie, którego obsługa była bardzo prosta, zaczęło głosem wrzeszczącego mężczyzny po czterdziestce piętnować winnych ataku, potem Victor skupił się na rektorze, który przybrał na twarzy gorącego wypieku. Gregory słuchał wszystkiego z grymasem powodowanym bólem, ale nie przyswajał jakichś nowych informacji. Wiedział, że jutro Victor znajdzie mu nową ochronę, ale jego ojciec o niczym się nie dowie. Jeszcze przed piątą po południu młody Yard został oficjalnie przeproszony przez kolegów z uczelni. Nie patrzył im w oczy, oni też unikali spojrzeń innych. Ich uwagę przykuła wyłożona ciekawymi kafelkami podłoga. Po ich, żałosnych zresztą, przeprosinach chłopak odwrócił się na pięcie i wyszedł.

Była mgła. Niewielu już kręciło się koło uczelni o tej porze. Jego samochód i szofer czekali. Victor nie przyjechał, gdyż Gregory uznał to za zbędne. Ojciec nie zauważy nieobecności podczas kolacji, wraca późno, więc podbitego oka nie ujrzy. Jedno tylko zdziwi ojca.

Pan Yard, mimo że nie pochwala „MASHTIE" i zdjęć syna w magazynie, z pewnością zorientuje się, iż coś jest nie tak, gdy nie pojawią się nowe fotografie. Victor zaczął o tym myśleć przedwcześnie, zatem około dziesiątej w nocy Gregory otrzymał wiadomość, że w przeciągu godziny pojedzie na sesję, nad którą popracują specjaliści od retuszu. Wiadomość zawierała kilkakrotnie powtarzane zdania, typu: „Nie złość się z powodu retuszu", „Przepraszam, ale to jedyne wyjście". I tym podobne. Gregory nie złościł się. Ból minął. Pył czmychnął do gabinetu pana Yarda około wpół do jedenastej w nocy. Na pięć minut przed wyjazdem do studia pojawił się nieskromny samochód stylistki Gregory'ego. Pan Yard, śpiący w prawym skrzydle willi, nie słyszał wybuchu szału, w jaki wpadł jego syn, gdy puściły nerwy i emocje z całego dnia chłopaka zostały wyładowane na stylistce.

Luty sprzedał się zdumiewająco, podobnie jak styczeń, mimo to Gregory ogłosił w studiu „MASHTIE", że sesja sprawiła mu wiele bólu, przysporzyła upokorzeń i była najgorszą w jego karierze. Trzy dni potem na jego konto wskoczyło dwieście osiemdziesiąt tysięcy. Na wydziale życie toczyło się już całkiem normalnie. Na korytarzu robiło się luźniej, gdy Gregory przechodził wraz z R., I., M. Tak nazywał trzech nowych ochroniarzy. Jego twarz wróciła do dawnego stanu. Przygotowywał nową sesję, nad której retuszem sam chciał pracować. Spodobały mu się nowatorskie sposoby pracy profesjonalnych programów, które zamieniały jego zdjęcia z dzieł sztuki w arcydzieła. Tak miał się rozpocząć nowy rozdział na kartach magazynu „MASHTIE". Pismo zyskało nowych czytelników. A Gregory cicho wszedł w nowy etap pracy, choć za żadne skarby nie chciał się przyznać, że mógł się co do specjalistów od retuszu... pomylić.

Pod koniec lutego do Gregory'ego zadzwonił ktoś, kogo telefonu chłopak w żadnym wypadku się nie spodziewał. Dzwonił sam Oliwer Micali. Rozmowa obrazowo przypominała spotkanie dwu lodołamaczy na arktycznych wodach. Krótka, sucha dyskusja, w której to Micali poprosił Yarda o przyjęcie w przyszłą sobotę swojego przyjaciela. O szczegółach nie wspominał. Gregory zgodził się, na co usłyszał jedynie: „Mam nadzieję, że nie okażesz się pomyłką". Brwi zdumienia same wystrzeliły Gregory'emu ku górze. Nie zrozumiał nic z tego, co usłyszał. Było mu przez to wstyd! Zadzwonił do niego junior rodu Micalich i poprosił o spotkanie za pośrednictwem swego przyjaciela. Co o tym myśleć? Nic, czekać do soboty.

W sobotę na dziedzińcu willi przy Villon Pray 13 pojawił się piękny sportowy samochód, z którego wysiadł młody mężczyzna, nieco starszy od Gregory'ego. Miał na sobie biały podkoszulek i marynarkę. Był bardzo dobrze zbudowany (nad takim ciałem trzeba długo popracować w siłowni) i kogoś mu już przypominał. Kiedy Gregory wszedł do salonu — regularnie i wedle swych zasad spóźniony pięć minut — gość stał przy jednym z okien.

— Punktualność to dobra cecha — powiedział bez większej czułości i odwrócił się twarzą do gospodarza.

— Przyjemne powitanie. Cenię punktualność, jeśli znam cel spotkania.

— Nieważne! Nazywam się Marco Otboy, jestem tu na polecenie Oliwera Micalego, mojego przyjaciela i Głównego Przewodniczącego eXst eXiste.

Marco Otboy, jak mógł go nie poznać. Był synem właściciela znanego w Stanach Zjednoczonych banku, który od 1991 roku przedostał się i rozsiał po prawie całej Europie. Marco był zapewne starszym bratem jeszcze jednego Otboya. Jedno pozostawało zagadką — czym jest eXst eXiste?

— Pięćdziesiąt cztery lata temu czwórka najbardziej wpływowych ludzi świata postanowiła sprzeciwić się panującej rzeczywistości, tragediom, których źródłem jest zło tkwiące w człowieku. Wtedy to założyli stowarzyszenie, o którym nikt miał nie wiedzieć — eXst eXiste.

Czy to powiedział Marco? Jego twardy głos wyrecytował doskonale wyuczoną regułkę.

— Przepraszam, ale jestem ateistą i nie interesują mnie sekty czy inne związki wyznaniowe...

— Nie jesteś głupcem, nie byłoby mnie tutaj. Zatem słuchaj uważnie.

Gregory zmieszał się nieco. Czy ten człowiek go obraził? W jego domu?

— Do rzeczy, mój czas jest ograniczony... — zaczął Yard, nie dając po sobie poznać, że trafił na równego siebie przeciwnika. Coś w nim jednak było.

— Oby to był tylko czas. Ale oto list wstępny. Jestem twoim Przewodnikiem.

— To chyba nieporozumienie. Nie wyraziłem na nic...

— Spokojnie... Przeczytasz. Tak na marginesie, twój ojciec był Głównym Przewodniczącym II pokolenia eXeX.

— Nie, nigdy mi nie...

— Nie wspominał? — przerwał Marco. — Nic dziwnego. Nadszedł czas i wedle tradycji twój Przewodnik cię o tym informuje.

— Było czterech najbardziej wpływowych. Kto teraz jest w tym całym na „e"?

Marco uśmiechnął się i jęknął coś w rodzaju: „tym całym".

— eXst eXiste — poprawił go. — Ja, Oliwer junior Micali, Sergiusz Agamemnon Vesto i Tristan Roance. Jest nas ogólnie więcej.

— Kto?! — Gregory zwrócił szczególną uwagę na ostatnie nazwisko.

— Słyszałeś, a na mnie już pora. Reszta w swoim czasie.

Marco podszedł do stolika na środku salonu i położył białą kopertę z listem. Bardzo podobny otrzymałem w 1996. Wychodząc, skinął głową i lekko się uśmiechnął. Po chwili patrzenia w okno za podążającym do auta chłopakiem Gregory zdał sobie sprawę, że zapomniał spytać o to, co miało znaczyć, gdy Micali wyraził nadzieję, że nie okaże się pomyłką. Ale hipotetyczna odpowiedź sama nasunęła się po chwili. Nie mogę teraz o tym myśleć, nie ma sensu rozprawiać nad niejasnym.

Marco Otboy i Oliwer Micali faktycznie byli dobrymi przyjaciółmi. Choć zainteresowanie Oliwerem w mediach nie było ogromne, nikt nie podejrzewał jak potężnym jest młodzieńcem. Korporacja Alexandra, jego dziadka, była tylko opcją numer dwa. ΔDQ, którym zarządzał Oliwer, z roku na rok stawało się równe dokonaniom dziadka. Młodzieniec o rudych włosach i radarowym spojrzeniu był najlepiej poinformowanym człowiekiem na świecie. Można rzec nawet, że trzymał najważniejsze sznureczki w swoich dłoniach i kiedy tylko tego potrzebował, pociągał za nie. Sergiusz Agamemnon Vesto mieszkał w miejscowości, z której pochodzili Marco i Oliwer, jednak był szarakiem pracującym w warsztacie naprawczym dla tirów. Oliwer ufał mu jak bratu.

Natomiast Tristan Roance, czyli nie kto inny jak ja, był żywą legendą, najmłodszą i nieprześcigniętą ikoną literackiego świata.

Jakie życie prowadziła jednak nasza elita wtajemniczona w świat eXst eXiste? Tego pragnął się Gregory dowiedzieć najbardziej. Ze wszystkich istot, jakie chodzą po świecie, wydaje mi się, że młody Yard był najbardziej dziwaczną. Jego nietypowa uroda manekina bez skazy nie pozwalała mi odczytać jego myśli dokładnie. Jestem pisarzem, potrafię przeskanować człowieka. Tutaj jednak napotykałem zawsze kłopoty.

Gregory siedział w swoim pokoju, topiąc się w morderczej ciszy, od której wielu popadłoby w ciężką depresję. Przywyknął już do samotności. Nie był przecież całkowicie sam. Miał swojego kota. Pył był dziś wyjątkowo niespokojny. Zwiedził tego dnia chyba całą willę. Później ganiał po folwarku.

ROZDZIAŁ ÓSMY

⊙⊙

ZACHÓD SŁOŃCA NAD LA FORÊT DE COLIN

Przygotowanie Gregory'ego do oficjalnego przywitania w stowarzyszeniu eXst eXiste.

Dostałem e-mail na prywatną skrzynkę od Oliwera Micalego, że dziś odbędzie się spotkanie. Sprawa z bratem nie była mi znana, nie mogłem z Oliwerem rozmawiać o tym przez telefon, a nie widziałem go jeszcze od tamtego przykrego incydentu. Średnio znałem brata Oliwera. Micalemu towarzyszył wtedy Agamemnon, ale w ostatnim tygodniu był zapracowany. Obiecałem sobie porozmawiać z Oliwerem, a on zjawić się na spotkaniu, aby przywitać nowego członka — Gregory'ego Axela Yarda. Nie każdemu było to jednak na rękę...

Niedzielny poranek rozpoczął się obfitym opadem śniegu, którego tej zimy w Villon Pray i tak nie brakowało. Od świtu Gregory siedział przygarbiony przy biurku, przepisując dwieście trzynastą zasadę. Oczy mu się kleiły. W głowie szumiały mu ule pełne rozwścieczonych pszczół. W poniedziałek spotkał się z Markiem, któremu pokazał przepisane sześćset trzynaście zasad eXst eXiste. Marco powoli oglądał podręcznik. Trwała przerwa po sesji Gregory'ego.

— Realita, szczególnie młody, świeży zarazem członek naszego stowarzyszenia, musi znać te zasady na pamięć — powiedział jednym tchem po chwili. — Dodatkowo gromadzić e-maile Rady Przewodników, najlepiej wydrukowane i co roku wykonywać listę nowych zasad. Jestem twoim Przewodnikiem. To coś w rodzaju ważnego przyjaciela i informatora. Słuchasz się tylko mnie i nie podlegasz innym Przewodnikom.

Marco wręczył mu kopertę z listem. Drugim i ostatnim, jaki dostarczył mu osobiście.

eXst eXiste
eXeX

Szanowny Panie,
Rada Przewodników, na czele z Głównym Przewodniczącym, Oliwerem Micalim, ma wielką przyjemność włączyć do stowarzyszenia kolejną wielką duszę błądzącą, która z dniem trzynastego lutego podlega zasadom eXst eXiste. Przewodnikiem Gregory'ego Axela Yarda zostaje IV Główny Przewodniczący Zastępczy, Marco Otboy.

Z gratulacjami
OLIWER MICALI, GŁÓWNY PRZEWODNICZĄCY

Pod tymi słowami znalazły się jeszcze dwa podpisy. Marca Otboya i Tristana Roance'a.

— Mówiłeś, że jest czterech Głównych Przewodniczących, w tym troje to zastępcy, a podpisało się trzech — zauważył Gregory.

— No tak i nie kłamałem, ale jeden Realita nie był zachwycony twoim przyjęciem do grona naszych. Sergiusz Agamemnon Vesto jest z nami od początku, od początku trzyma się swoich, czasem radykalnych... nie tyle poglądów, ile zachcianek. Jest wierny Oliwerowi, współpracują długo. Widzisz, Micali prowadzi jakby dwa życia. Tam, w Walii, oraz tutaj. Tu ma nas, a my jesteśmy jego najwierniejszymi przyjaciółmi.

— Rozumiem, ale dlaczego ten Sergiusz nie chciał mnie w stowarzyszeniu?

— Nie wiem, czy to ty jako ty jesteś konkretnie winien. Chodzi raczej o coś innego. Agamemnon, bo tak się do niego wszyscy zwracamy, nie jest ani sławny, ani bogaty... wykłócał się ostatnio, że przyjmujemy kolejną lalę przy forsie...

— Ach, dlatego Oliwer nie chciał, abym okazał się pomyłką. Mogę cię zapewnić, że nie będę — zaśpiewał, prawie ze łzami w oczach. — Zaczyna mi zależeć na eXst. Ojciec wyjechał w delegację do Wielkiej Brytanii, pewnie spotkać się z lordem Micalim, zostawił mnie tu samego z eXst, raczej zamierzenie.

— Możliwe. Więc przyłóż się do zasad! A Agamemnon popatrzy na ciebie spode łba i przestanie.

— Oby... — Gregory westchnął.

Pierwsze wejście Gregory'ego do La Forêt de Colin.

Nazajutrz pojawiło się słońce, ale pod postacią białej plamy na jasnoszarym niebie. Gregory znów spotkał się z Markiem. Siedzieli tym razem w jego pokoju. Przez pewną chwilę Otboy wpatrywał się w kota Yarda, który sprawiał wrażenie ofiary sadysty. Marco stwierdził w duchu, że jeśli zaraz nie opuści wzroku, stworzenie będzie śniło mu się po nocach. Gregory tylko podszedł do ulubieńca i podrapał go za uchem.

— Po przeczytaniu listu, który ostatnio ode mnie otrzymałeś, stałeś się Realitą. Do jutra muszę mieć twoją pisemną odpowiedź dla Głównego Przewodniczącego wraz z wszelkimi uwagami. Jakieś pytania? — zagadnął Marco.

— Setki...

— A konkretnie? Zasada czterysta szósta.

— Ilu konkretnie jest Realitów i kiedy ich poznam?

— Wystarczająco. Poznasz ich, kiedy Micali wyrazi na to zgodę.

— Z tego, co mi mówiłeś, Oliwer Micali mieszka w Loley, ale ma posiadłości w Walii i Stanach. W Loley mieszka także Sergiusz Vesto? Aparash Ballar Roance mieści się niedaleko Villon Pray, prawda?

— Tak, to sztuczna wieś, zbudowana przez Tristana. Mieszkają tam normalnie ludzie, ale wcześniej był to zaniedbany i nieurodzajny teren. Roance wziął się za niego. Całkiem mu tam dobrze. Jeśli chodzi o mnie, także mieszkam w Loley. Najbliżej La Forêt de Colin, zatem siedziba eXst eXiste znajduje się koło mnie.

— Jak ona wygląda? Nieważne. Zobaczę, gdy Oliwer stwierdzi, że już czas — dodał Gregory, zanim Otboy otworzył usta.

Kiedy dochodziła jedenasta w nocy, pod willę przy Villon Pray 13 podjechał sportowy samochód, za którego kierownicą siedział Marco. Gregory niepoinformowany wcześniej, że czas nastał, nie krył zdumienia. Loley znajduje się trzydzieści kilometrów od Villon Pray, jadąc z dobrą prędkością po dwudziestu minutach byli już na miejscu. Spokojna wioska, uśpiona już, jak to zimą bywa. Marco zaparkował przy starym, niewielkim budynku. Jak się potem okazało, był to jego dom. Ale nie weszli tam. Udali się od razu w stronę lasu.

— To tam, oświetlone takie, to dom Sergiusza. Siedzi jeszcze w domu. Oliwer mieszka w lesie, w przeciwnym kierunku, do jakiego zmierzamy.

Szli jeszcze pół godziny w głąb lasu, który Marco znał jak własną kieszeń. W końcu dotarli do miejsca, gdzie wokół ogniska stało osiemnastu mężczyzn. Sami młodzi, najmłodszy z nich miał dziewiętnaście lat. Reszta na pewno nie przekroczyła jeszcze trzydziestki.

— Marco, jesteś już! — zawołał chłopak o rudawych włosach. To on! Oliwer Micali. Wyglądał zjawiskowo, znacznie lepiej niż w telewizorze. Miał luźny chód, mówił wspaniale, płynnie, bez akcentu brytyjskiego.

Gregory nie miał problemów z rozpoznaniem go, ale poczuł się przy nim taki mały. Główny Przewodniczący i wnuk lorda Micalego nie był porażająco urodziwym mężczyzną, ale spojrzenie jego poraziło Gregory'ego do tego stopnia, że oczy zaszły mu łzami. Nie było wątpliwości, kto tutaj rządzi. Płomienie ogniska konkurowały z jego rudawymi włosami.

— To jest Oliwer Micali, Główny Przewodniczący eXst eXiste — rzekł Marco do Gregory'ego.

— Nasz nowy nabytek, Gregory Axel Yard — w wypowiedzianych słowach było tyle melodii.

— Tak, miło mi cię poznać — odrzekł Gregory. Wykonał ustami dziwny gest, przypominający nieco uśmiech, który zniknął równie szybko, jak się pojawił.

— Z początku każdy tak mówi. — Wybuchnęli śmiechem, a Yardowi zrobiło się trochę nieswojo.

Zupełnie podobnie przywitali mnie swoimi czasy. Wtedy to Oliwer dodał:

— Właśnie rozmawiałem z Sergiuszem o twoim dziele *A house without an address,* o którym jest tak głośno. Prasa donosiła, że planujesz jeszcze jedną część.

— Ogólnie mam w planach kilka części — odpowiedziałem wtedy.

— Dobrze. Pracuj nad cyklem. Jakie wydawnictwo je publikuje?

— Rizma. Drugiej części mam już siedem rozdziałów zamkniętych w moim domowym sejfie.

— Jeszcze raz gratuluję, Rizma jest mi bardzo dobrze znana — dodał Oliwer.

Potem Oliwer zwrócił się do Tristana, a teraz do Gregory'ego i rzekł:

— Poznaj zatem członków należących do stowarzyszenia.

Oliwer odwrócił się i wskazywał po kolei zgromadzonych:

— Adam Shargan, Max Vangini, Zachariasz Holle, Marceli Wargo, Justin Huit, Katon Otboy, Honoriusz Xemer, Julian Bert, Klaudiusz Send, Brian Batty, Evan Wans, Sykstian Bentz, Oskar Grind, Montiusz Vox, Wanitiusz Mowst, Tristan Roance, III Główny Przewodniczący Zastępczy, Sergiusz Agamemnon Vesto, II Główny Przewodniczący Zastępczy, Marco Otboy, IV Główny Przewodniczący Zastępczy.

Sergiusz uśmiechnął się sucho w kierunku Oliwera, nie spoglądając nawet w stronę Gregory'ego.

— Dwudziesty członek eXst eXiste zostanie dziś przyjęty do naszego grona — powiedział dwudziestoletni chłopak w futrzanej czapce. Głosy ucichły. — Czym jest eXst? Otóż, mogłoby się wydawać, że to sekta, mogłoby, ale tak nie jest. Realici to ludzie rozmawiający. Mówiący o wszystkim, o religii, życiu, śmierci. Jednak w eXst nikt nigdy nie narzuca sposobu wiary. To różni nas od sekt. Tu się rozmawia, a resztę robi wolna wola każdego z nas. Żadna z Prawd nie mówi o religiach, ale o sposobie bycia i obserwacji świata, tudzież ludzi. W imieniu Oliwera Micalego, mam zaszczyt przedstawić nowego Realitę, Gregory'ego Axela Yarda.

Członkowie zaczęli bić brawa. Dalej Evan powiedział, że nowy musi wypić napój eXst, który przydźwigali w dużym kotle Agamemnon i Katon. W czarze znajdował się czerwony płyn. Gregory podszedł do nich, pochylił się i zaczerpnął łyka. Było to wino, które miało dziwny smak, jakby z domieszką dużej ilości spirytusu, cynamonu i imbiru. Zawirowało mu w głowie. Potem Gregory, nie pytając nikogo o mniejsze naczynia, nabierał złączonymi rękoma wino i każdy z członków pił z nich. Na twarzy Oliwera malowało się zdumienie. Patrzył jednak na Sergiusza, ale ten zachował się jak należy. Dokonał się chrzest Gregory'ego. Po tym rytuale do Yarda podszedł Julian Bert, najmłodszy członek eXst. Miał na sobie obcisły płaszcz, czarne materiałowe spodnie.

Powiedział nowemu członkowi eXeX, że siedziba właściwa mieści się w jaskini widocznej kilkanaście metrów od ogniska. W tym czasie Micali rozmawiał z Sergiuszem i Tristanem. Julian był sympatyczny i obiecał pomóc w odnalezieniu się. Gregory zauważył, że chłopak miał na sobie płaszcz ze styczniowej kolekcji, który reklamował w „MASHTIE". Julian jeszcze przez chwilę wymieniał ważnych francuskich pisarzy i filozofów, których warto przeczytać, co Yard uznał za zbędne. Chyba zdał sobie z tego sprawę, ponieważ po chwili patrzenia na poirytowaną minę Gregory'ego rzekł jedynie, że życzy mu powodzenia i odszedł do innych.

— Za chwilę wejdziemy do domu bez adresu — odezwał się Marco. — Poczekajmy, aż Realici pójdą pierwsi i zasiądą na swoich miejscach.

Grupa, która wymieniała się w drodze przeróżnymi nowinkami, zmierzała nie w kierunku jaskini, o której wspomniał Bert, ale w stronę dróżki, którą przyszedł Gregory z Marco. Postanowiłem iść jednak przy Oliverze, tracąc możliwość porozmawiania z Yardem.

Dom bez adresu, siedziba eXst eXiste.

Gregory był zaskoczony, kiedy z powrotem miał wsiąść do samochodu Marca i wrócić do Villon Pray. Jednak jeszcze bardziej zadziwił go fakt, że wejście do siedziby eXst eXiste znajduje się właśnie w jego miejscowości.

Villon Pray położone jest blisko Aparash Ballar i kolonii Aparash Ballar Roance. Wioska powstała wzdłuż prostej drogi, która z jednej strony mknie ku tym wioskom, a z drugiej ku miasteczku Mirror, a wcześniej pokonuje Loley. Po jednej stronie ulicy znajduje się szereg domków jednorodzinnych, za którymi ciągnie się las. Wioskę urywają klify kąpiące się w morzu. Po drugiej stronie ulicy jest park, a w nim, między innymi, willa Yarda oraz jezioro Pray.

Ta niewielka miejscowość znajduje się w miejscu, gdzie niegdyś rósł gęsty las liściasty, pełen dębów, buków, klonów i kasztanowców, na północy kraju. Swoją nazwę zawdzięcza jezioru Pray leżącemu w dość dużym parku, który wraz z laskiem jest pozostałością po puszczy. Między nimi znajdują się w nim działki o powierzchni do dwunastu arów ułożone w trzech rzędach — po dziesięć w każdym. Na owych działkach stoją jednorodzinne domy. Granicę Villon Pray stanowią także pola porzeczkowe i zbożowe.

Wśród wszystkich domów dostrzec można było jeden, który bardzo kontrastował z pozostałymi. Sama działka ma zaledwie pięć arów. Dom zaś był niebywale mały. Bardziej przypominał sympatycznie wyglądającą murowaną altankę. Wykonany na planie litery L, miał dwa pomieszczenia (kuchnię i pokój) oraz strych.

Do ogrodu, który dzięki małym rozmiarom domu był dość okazały, wchodziło się przez metalową furtkę, bardzo starą i gdzieniegdzie zardzewiałą. Prawdę mówiąc, wyglądała na taką, której nikt w ogóle nie używa. Następnie wąską dróżką (mając po bokach tereny uprawne) szło się prosto do małego mostku, który przeprowadzał przez oczko wodne. Po prawej stronie, na półmetrowym wzniesieniu stał miniwiatrak (na wzór holenderskich), po lewej rosło wiele krzewów ozdobnych. Po przejściu przez mostek stało się przed ciemnymi drzwiami domu bez adresu. Były zaokrąglone na górze. Zewnętrzne ściany domu pomalowane były w ciemnobrązową kratę, tak aby przypominały drewniane belki. Po lewej stronie działki był trawnik, na którym stał pokryty śniegiem stoliczek i ławka. W słoneczne lata, cień zapewniały winogrona rosnące za ławką.

Przy domku, do którego Marco nawet nie miał zamiaru wchodzić z Gregorym, stała mała czarna szopka. Otboy wyjął kluczyk i otworzył ją. Przepuścił Gregory'ego. Z pewnością musiał się czuć jak w bajce. Pasowałby na pewno do każdej bajki, z Pyłem czy bez niego...

ROZDZIAŁ DZIEWIĄTY

◯◯

DOM BEZ ADRESU

1

Pamiętam to uczucie, gdy pierwszy raz wszedłem do tej szopki. Trzeba uważać, ponieważ znajdują się w niej schody, dosyć strome, w dół, które prowadzą do podziemi. To przekracza wszelkie ludzkie wyobrażenia. Znajduje się tam korytarz. Wszystko to wygląda dosyć obskurnie, ściany są bowiem pomalowane na biało, choć z tym kolorem niewiele już mają wspólnego, są poplamione i pełne pajęczyn. Korytarz pod ziemią jest szeroki, a na jego ścianach znajduje się sporo drzwi. Ale do żadnych się nie zagląda. Niektóre wyglądają na nieotwierane nawet od wieków.

Marco prowadził Gregory'ego na sam koniec korytarza, a trwało to ponad dwie godziny. W tym czasie pokonali spory odcinek. Marco poinformował Yarda, że właśnie dochodzą do siedziby eXst eXiste w Loley. Gregory ze łzami w oczach przyjął informację, że wraca do miejscowości, z której właśnie przyjechał, pieszo w zimnym korytarzu podziemnych piwnic domu bez adresu.

Stanęli przed ostatnimi już drzwiami. Znajdowały się nie na bocznych ścianach, ale naprzeciw nich.

— Czy Realici już tam są? — zapytał Gregory.

— Naturalnie... i tak samo się tam dostali.

Nie musiał używać klucza. Drzwi otworzył normalnie, ich zawias był wyłamany. Musiał być solidny, przedwojenny, teraz zniszczony. Po wejściu ukazała się od razu sala, w której siedzieli już wszyscy. Efekt tego widowiska był niezwykły. Szyby, przez które widoczne było pomieszczenie, sprawiały, że obserwujący miał wrażenie, jakby patrzył na czarnobiały film. Ale Gregory nie zauważył wejścia do sali. Trzeba było ją obejść dookoła. Udali się w lewo, faktycznie byli w jaskini. Sala została wbudowana w jaskinię, wyglądała jak akwarium. Po lewej stronie widać było basen z ciemną wodą, który u końca wpadał w jeziorko jaskiniowe. Słychać było fale uderzające o skały. Kiedy Marco i Gregory obeszli oszkloną w niektórych miejscach salę, zobaczyli wejście, naprzeciwko kolejne, ale było ono gabinetem Oliwera. Weszli, skręcając w drugie, po prawej.

Sala była prosta i co ciekawe bardzo ciepła i czysta. Gregory zastanawiał się, jak człowiek był w stanie skonstruować siedzibę stowarzyszenia w takim miejscu. Udało się to jednak pierwszemu pokoleniu eXeX, które rozpoczęło swoje rządy i zaczęło budować siedzibę w roku 1945. Marco powiedział, żeby

Gregory usiadł koło niego i Sergiusza. Ta wiadomość nie ucieszyła młodego Yarda, ale nie miał wyboru. Na całe szczęście potężny Agamemnon miał dziś przemawiać. Nad jego krzesłem Gregory zauważył wiszącą na ścianie flagę. Nigdy wcześniej takiej nie widział. Z pewnością musiała być flagą eXst eXiste. Budowały ją dwie barwy, trzy poziome pasy i koło wbudowane w środkowy pas. Górny i dolny były koloru czarnego, tak jak koło. Środkowy pas był krwiście czerwony. „Elitarna" — tylko to przyszło Gregory'emu do głowy.

Sala eXst eXiste jest urządzona w bardzo prosty, ale elegancki sposób. Ściany są jasne. Znajduje się w niej stół w kształcie litery V. Jej koniec jest przy wejściu do sali, zatem naprzeciwko wejścia znajdującego się poza szklaną konstrukcją. Ale pomieszczenie to nie jest całkowicie szklane. Wsparte jest murowanymi ściankami. Miejsce Oliwera znajduje się pośrodku stołu. Za plecami ma wyjście na korytarz i do swojego gabinetu, a nad głową złote eXeX. Każdy Realita nosi ze sobą swój egzemplarz Prawd, zasad, które spisuje ręcznie od swojego przewodnika. Realitami nazwali się pierwsi założyciele.

Uśmiechnąłem się do Yarda. To musiał być dla niego szok. Miejsce, w którym odbywają się zgromadzenia eXst eXiste, przerosło chyba oczekiwania niejednego z nas, gdy po raz pierwszy je zobaczyliśmy. Czułem się olimpijskim bogiem, on także się czuł. Nadal miał łzy w oczach, ale nie były to już łzy poirytowania i złości z powodu odcisków na białych, porcelanowych nogach...

Tak minął ten wielki dzień w życiu Gregory'ego. Został dwudziestym członkiem eXst eXiste.

2

To, o czym się w eXst nie mówiło, czyli moje wybryki, które na pewno przeszkadzały niejednemu członkowi stowarzyszenia, mogło być powodem, przez który Oliwer nie chciał mi powierzyć opieki nad Gregorym Yardem. Zastanawiało mnie to. Trzymałem się oczywiście zasady, aby w czasie trwania sezonu eXst nie uczęszczać do klubu R, tak zresztą, jak każdy inny. Nie byłem jednak w stanie zrezygnować z niektórych rozrywek, które same pchały mi się do domu. Zależało mi jednak na innym miejscu. Willa Yardów wraz z folwarkiem oraz bogata historia pociągała mnie ostatnimi czasy bardzo. Całe dnie rozmyślałem nad tym, jak zbliżyć się do właścicieli, aby móc zajrzeć w każdy kąt willi i odkryć jej sekrety. Byłoby to niezwykle przydatne dla powstającej drugiej książki. Musiałem grzecznie czekać. Jako Przewodnik Gregory'ego mógłbym go odwiedzać w celach związanych z eXst eXiste. Mogłem się oczywiście z nim zaprzyjaźnić, choć był on bardzo nieufnym i, nie oszukujmy się, dziwnym człowiekiem. Sądzę też, że jego obecny Przewodnik, Marco, zdążył już mu wbić do jego nadzwyczaj niezwyczajnej głowy, że to on jest jego największym sojusznikiem. To zrozumiałe. Każdy z Przewodników dbał o swojego „nowego" ucznia, aby ten godnie reprezentował wszystkich nas na spotkaniach w siedzibie eXst eXiste.

Pewnego dnia postanowiłem porozmawiać z Gregorym. Zaprosiłem go więc w moje skromne progi. Zjawił się wraz z szoferem. Ubrany był bardzo dziecinnie. Nie miał prawa jazdy, co wcale nie wydawało mi się dziwne. Wygląd jego także był chłopięcy. Miał dwadzieścia lat, nie miał zarostu, a młodzieńczą aparycję dopełniały jasne włosy i pretensjonalnie długa grzywka zaczesywana na bok. Mimo jasnych blond włosów wyglądał bardzo aseksualnie. Skórę miał jasną, mleczną, momentami wyglądał, jakby był przezroczysty. Nie był jednak brzydki. Nie można powiedzieć o nim, że był przystojny. Stwierdziłem, że słowem „dziwny" można opisać każdą część jego ciała i umysłu. A nie rozdrabniając go na części, o całym Gregorym Yardzie można by powiedzieć, że to dziwny chłopak był. Wystarczyło choćby wspomnieć o jego paskudnym kocie, obok którego wielu nie przeszłoby bez zgorszonej miny... wielu także ominęłoby czworonoga szerokim łukiem. Gregory'emu swobodnie plątał się pod nogami. Do pewnego momentu PYŁ nie jest szkodliwy, wręcz nade wszystko bardzo wskazany. Niektórzy właściciele szczycą się jego długoletnim posiadaniem.

— Witaj, Tristanie — przywitał się Gregory, wyciągając niechętnie drżącą dłoń. Na jego twarzy nie malował się żaden konkretny wyraz. Ciężko mi było stwierdzić, czy jest dziś w humorze, czy może nie.

— Dobrze, że zgodziłeś się mnie odwiedzić — powiedziałem spokojnie, bez zbędnej czułości. — Sądziłem, że odmówisz.

— Odmówię? Dlaczego miałbym odmówić? Pragnę się zaangażować w eXst eXiste. To dla mnie wiele znaczy. Przepisuję Prawdy i podobają mi się. W tym jakże poukładanym życiu... — ostatnie słowa wypowiedział nieco ciszej i jakby z delikatnym zawodem.

— Każdy Przewodnik sprawuje opiekę nad swoim uczniem i to jego musisz słuchać. Dlatego wszystkiego co ode mnie usłyszysz, nie musisz brać do siebie.

— I bez tego potrafię osądzić, co należy wziąć z rozmowy do siebie.

Przez chwilę uśmiechał się. Spojrzałem na niego jednak nieco zmieszany. Nie zrozumiał. Przed nim jeszcze trochę pracy.

— Choć wiem, co chciałeś mi przez to powiedzieć... bo zdaję sobie sprawę, że jesteś inteligentnym chłopakiem, przypominam ci, że eXst rządzi się swoimi prawami... Prawa te zresztą sami ustalamy. Jednak, gdy Główny Przewodniczący Zastępczy mówi ci, że masz do końca go nie słuchać, musisz to sobie wziąć do serca. — Teraz to ja się uśmiechnąłem. — Dlatego chciałbym posłuchać, co ty masz mi do powiedzenia.

Z całą pewnością Gregory chciał mi coś uszczypliwego odpowiedzieć. Niestety, użyłem taniego przypomnienia, że jestem zastępcą samego Oliwera, zatem kimś ważnym w świecie eXst, który to miał dopiero poznawać i pod żadnym pozorem nie było możliwości, by wprowadził do niego jakieś rewolucyjne zmiany na początku. To było bardzo proste. Musiał najpierw poznać, z czym ma do czynienia, by móc podnieść głos w jakiejkolwiek sprawie. To właśnie tajemniczość i potęga ukryta przed światem musiała pobudzić w nim chęć zmiany swojego życia i oddania się eXeX. Podniecony Gregory... rozproszony, osłabiony PYŁ.

— Więc ufam, że to dobrze. Chcesz mnie posłuchać. O czym chciałbyś porozmawiać?

— Chcę tylko kawałka twojego spojrzenia na świat, tego, w co wierzysz, co wyznajesz, co uznajesz za stosowne i tak dalej.

— Masz na myśli religię? Jestem ateistą.

— Niekoniecznie. Widzisz, grupę nie interesuje, jakiego wyznania jest jakikolwiek jej członek. Nie chcę ci zadawać pytań. Wolałbym z tobą porozmawiać.

— Dlaczego ze mną?

— Widzisz, jesteś nową zdobyczą eXst. Choć Marco, mój przyjaciel, jest dobrym i mądrym człowiekiem, z pewnością nie jest w stanie przekazać ci wszystkiego, co mogą przekazać dwie osoby. Zależy nam na wyjątkowo świadomych swojego miejsca w eXst eXiste ludziach...

— Słyszałem od niego, że zależało ci także, byś to ty był moim Przewodnikiem. Dlatego właśnie postanowiłem cię odwiedzić... zgodzić się na twoje zaproszenie.

Ani razu Gregory nie dał mi do zrozumienia, że pamięta o tym, kim jestem. Nie zwracał się do mnie jak do pisarza, którego książka zawładnęła światowym rynkiem. Postanowił uważać na fakt, że jestem zastępcą Oliwera, a w eXeX zajmuję ważne miejsce. I to z nim właśnie chcę porozmawiać. Jakby był Emilką, moją przyjaciółką.

— Tak, to prawda, a i żaden wielki sekret. — Nie chciałem w tym momencie mówić mu o tym, jak bardzo interesuje mnie historia willi, w jakiej aktualnie mieszka. — Kieruję się jedynie dobrem i prawidłowym rozwojem eXst. Ale wiem, że nie do końca zrozumiesz, co z nim w tej chwili jest nie tak. Nie chcemy z Oliwerem niepokoić grupy. Nic więc wielkiego się nie dzieje i niech tak pozostanie — zakręciłem się nieco w myślach.

Zrobiłem chwilę przerwy. Spytałem, czego się napije. Poprosił o herbatę z odrobiną rumu, ja zadowoliłem się... samym rumem. Weszliśmy do jednego z moich gabinetów na parterze, choć proponowałem wybór któregoś z boisk sportowych. Okazało się jednak, że Gregory nie darzy sportów sympatią. W gabinecie poczuł się z pewnością jak w domu, jak we własnym pokoju. W niedalekiej przyszłości miałem okazję odwiedzić i jego azyl.

— Jakiej muzyki słuchasz? — spytałem. Sądziłem, że zaskoczy mnie klasycznymi wirtuozami.

— Popularnej — odpowiedział krótko bez zbędnych emocji.

— To ciekawe. Czasami mam z nią do czynienia. Na przykład w klubie R.

— Co to jest za klub?

— Nie słyszałeś o wielkiej dyskotece R? Jest dosyć sławna w tym rejonie. Znajduje się w Mirror i zajmuje fragment budynku galerii handlowej zbudowanej na planie litery X.

— Nie miałem okazji. Nie odwiedzam takich miejsc. Duszę się wśród masy ludzi.

— A jednak interesują cię spotkania eXst eXiste.

— Jest nas garstka. Marco opowiadał, że nie jest nas nawet trzydziestu. Poza tym ta garstka z pewnością nie poci się i nie...

— Myślę, że to zależy od typu dyskusji, tematu dyskusji. Przy niektórych można się spocić. Zmartwiłeś mnie nieco. Wiem, że jesteś popularny, jak muzyka, którą słuchasz, jednak życie klubowe nie jest karą czy szatą wstydu. Prawie każdy z nas chodzi do R. Oczywiście nie teraz, kiedy sezon spotkań się rozpoczął.

— Wiem o tym. Media informują czasami, jak chodzisz... i w jaki sposób stamtąd wychodzisz, czy zostajesz wyniesiony...

Uśmiechnąłem się. Spryciarz miał bestialski spokój na twarzy, kąciki jego ust drżały, jakby chciały niczym pąki kwiatów wypuścić perfidny uśmieszek, jednak tego nie uczyniły. Sprawiał wrażenie, jakby jego własne słowa nie robiły na nim wrażenia. Dobry był.

— Uwielbiam to, wiesz. To prowokacja...

— Przyznam, nie najwyższych lotów.

— Tak, ale wiesz, to najśmieszniejsze, bo niewiele robię. Widzisz, piszę książkę, ludzie czekają na nią jak na wypłatę. Mogę iść się wyszaleć, pokazać im prostaka, pijaka, choć tak naprawdę, gdy wydam kolejne dzieło, szczęki znów im poopadają. Oni to kochają, kochają (!), jak się z nimi bawię.

— Nie powiem, że cię podziwiam. Ale rozumiem jak najbardziej. Chociaż popełniłbym błąd, skłamałbym, że nie podziwiam cię za sukces, jaki odniosła twoja książka...

— Z pewnością Marco zdążył ci już opowiedzieć co nieco o eXst. Niedługo wejdziesz do siedziby, myślę, że ci się spodoba. Pierwsze pokolenie zadbało, aby było to miejsce fantastyczne.

— Marco niewiele mi zdradził, co do miejsca, w którym odbywają się spotkania.

— Cały on. Nie miej jednak poczucia, jakoby ci nie ufał albo myślał, że możemy jeszcze z ciebie zrezygnować. Zapewniam cię, że nie opuścisz stowarzyszenia do końca.

— Zdążył mi powiedzieć, że Oliwer i obecna grupa mają opiekować się eXst przez dwadzieścia pięć lat, tak jak dwie poprzednie grupy.

— Owszem, każde pokolenie eXst eXiste opiekuje się stowarzyszeniem przez dwadzieścia pięć lat, co oznacza, że przed nami już tylko dwadzieścia jeden lat. Spodoba ci się siedziba, tego jestem pewien. Studiujesz na naszym zacnym uniwersytecie. Wiążesz swoje przyszłe życie z nauką? Zajmujesz się na co dzień czymś innym. Swego rodzaju... sztuką. Nie czuj się urażony, nie mam nic złego na myśli, ponieważ cenię to, co robisz, choć...

— Zdążyłem zrozumieć — odparł i uśmiechnął się. — Ty, jak wielu przed tobą, także uważasz mnie za dziwaka. Ale widzisz, przyzwyczaiłem się, a i rany szybko się goją. Studia to obowiązek w pewien sposób narzucony przez ojca. Ale nie uważam ich za coś złego czy męczącego. Wręcz przeciwnie. Choć nie były moim pomysłem ani marzeniem, na pewno mi się przydadzą. Nie chciałbym jednak tłumaczyć ci, dlaczego pracuję w „MASHTIE", nie wątpię, że zdajesz sobie sprawę z tego, kto był założycielem tego magazynu.

— Tak. Wiem, że to twoja matka.

— Więc uznajmy, że to oczywiste, dlaczego lubię tę pracę.

Przez chwilę zapanowała cisza. Herbata mu ostygła, jednak bez słowa popijał ją co jakiś czas.

— Dostałeś już temat przemówienia od swojego Przewodnika?

— Nie został jeszcze opracowany.

— Temat jest mi znany, choć pewnie Marco nie opracował odpowiedniej pomocy dla ciebie. To normalne. Drażnią mnie tacy ludzie, którzy zamiast robić to, co mają do zrobienia i mieć spokój, odkładają to, bo... mają czas. Dlatego chciałem, żebyś nauczył się czegoś. W eXst należy troszczyć się o własny tyłek. Oznacza to, że musisz pragnąć wiedzy stowarzyszenia, zanim zostanie ci ona podana na talerzu. Uwierz, w tej restauracji kelner rzadko się pojawia niewzywany.

— Chcesz mi zdradzić temat? Podpowiedzieć?

— Nie to było moim celem, gdy cię tu sprowadziłem, mówiłem ci o tym. Jednak na pewno wyniesiesz lekcję z tego, co usłyszałeś. Oliwer w e-mailu napisał ci o naszej księdze zasad. Twój Przewodnik bardzo lubi tę księgę, a przestrzeganie zasad w szczególności. To bardzo dobre. Dlatego jest jednym z najbardziej cenionych członków eXst. Czy dostałeś już jego oryginał?

— Tak. Kazał mi przepisać całą księgę i na osobnej karcie stworzyć coś nowego, nowe zasady, które weźmiecie pod uwagę na jednym z zebrań. Mówiłem już o tym.

— Racja. Jednak na pewno nie dodał, że to jedyny jego egzemplarz, co jest oczywiste, gdyż każdy ma swój JEDYNY egzemplarz! Komu chciałoby się przepisywać tyle stron kilkakrotnie... rozumiesz pewnie, że powinieneś się spieszyć z ich przepisywaniem. Pamiętaj też, że musisz się ich nauczyć na pamięć. Jak twoje podejście?

— Serce się raduje! To trochę nierozsądna część rozsądnego eXst, Tristanie?

— Mylisz się. To trening dla mózgu. Człowiek jest w stanie osiągnąć dzięki jego ćwiczeniu tak wiele, a nie zdaje sobie z tego sprawy. Podejdź do tego jak do czegoś przyjemnego. Zapewniam cię, że zaskoczy cię, ile potrafi spamiętać twoja głowa. Obiecuję też, że to nie puste zakuwanie. To się przyda do myślenia. Nie wątpię nadal, że masz z tym jakikolwiek problem.

— Cieszę się, jak wielkie pokładasz we mnie nadzieje.

— Przejdźmy do jadalni. Zgłodniałem, a wiem, że myślenie z pustym brzuchem w parze nigdy nie idą. Poczekaj, wezmę tylko moje pigułki.

— Co to? — Gregory po raz pierwszy był zainteresowany lekarstwem, jakie wyciągnąłem z szuflady.

— Leki na wyjątkowy rodzaj bólu, że tak powiem...

3

Tego samego dnia wieczorem Oliwer chodził po swojej ukrytej za ruchomą ścianką biblioteczce w ΔDQ. Odwiedziła go Inès. Szukał pewnej książki, co sprawiało, że jego gość się niecierpliwił. Pojawiłem się, kiedy Micali przechodził do drugiego kredensu. Przywitał się, choć nie przestał szukać. Stanąłem przy Inès, była od niego co najmniej niższa o głowę. Spojrzał na nią i uśmiechnął się. Na jego twarzy pojawił się uspokajający wyraz. Taki, którym chciałby przekonać Inès, by dała mu jeszcze sekundkę.

— Jesteś podobna do mojej przyjaciółki Emilii — powiedziałem, a ta odwzajemniła mój uśmiech. — Ma podobne włosy i podobnie pachnie.

Nachyliłem się niegrzecznie nad nią i powąchałem.

— Nie, nie. Pachnie identycznie.

— To wszystko jest tutaj — rzekł nagle Oliwer, który stał około pięciu metrów przed nami z ciemnozieloną książką w dłoni. — Biblioteka to miejsce magiczne mające w sobie potężne i sekretne moce. Szkoda, że ludzi nie interesuje taka wiedza. Tutaj znajdują się wszystkie odpowiedzi, nieprawdaż? Próżno jednak szukać tu ukojenia czyjejś śmierci. Mimo to, zapewniam was, że moja biblioteka to najsilniejsza broń jaką mam. — W tym momencie się uśmiechnął. — Jednak przychodzicie do mnie w innym celu i nie chcecie skorzystać z tej broni?

— Chciałbym pomówić o innej broni. Wydaje mi się, że powinieneś oddać sprawę spod domu panny Inès naszym przyjaciołom z...

— Wiem, co ci się wydaje, Tristanie. Cieszę się, że dbasz o to, bym nie czuł się tym wszystkim przytłoczony, jednak ludzie, których masz na myśli, już dla mnie nad tym pracują.

— Przepraszam, że wam przerwę. Czy mógłbyś mi wytłumaczyć, jak ważne znaczenie ma śmierć tego człowieka?

— Wybacz, Inès. Próbując zapanować nad moim światem, zapominam, że i ty niegdyś do niego należałaś i znów ktoś pchnął cię w moją stronę.

Oliwer wyszedł z biblioteki i usiadł za biurkiem, wskazał nam wolne miejsca.

— Mężczyzna zamordowany pod twoim domem to mój współpracownik, który zajmował biurko za drzwiami tego pokoju. Oznacza to tyle, że był tu bardzo ważny. Znał się na sprawach ΔDQ znacznie lepiej ode mnie i po to właśnie tu pracował. Nie chcę nawet wspominać, że znaliśmy się kilka lat i ufałem mu, po prostu był moją prawą ręką.

— Oliwerze... — zabrałem głos, kiedy ten na chwilę ucichł. — To trochę jak z filmu, nie uważasz? Morderstwo zaplanowane w tak spektakularny sposób mające pokazać... tylko właściwie nie wiemy co.

— I tu się mylisz, Tristanie. Jestem przekonany, że to tylko znak wskazujący mnie jako kolejną ofiarę. Ktoś na mnie poluje. Niewiadoma jest tylko przyczyna.

— Jesteś najważniejszym młodzieńcem na świecie. To fakt, ale czy sądzisz, że na jednej ofierze się skończy?

— Miejmy nadzieję! — zdenerwowała się Inès. — Mam nadzieję, że z mojego domu morderca nie uczyni cmentarzyska.

— Nie zauważyłeś pewnego istotnego elementu.

— Co masz na myśli?

— Mordu dokonano w Villon Pray.

— No tak, to rzut beretem od Loley.

— Musiałbyś, Oliwerze, zajrzeć głębiej, aby zrozumieć, co łączy nas z Villon Pray od jakiegoś czasu. Przypomnij sobie, o co cię prosiłem.

— Może wyjdę — powiedziała Inès. — Do niczego się nie przydam, a sądzę, że nie powinnam także zbyt wiele usłyszeć.

— Odwiedź mnie w Loley pod koniec tygodnia — odparł Oliwer, po czym odprowadził ją do automatycznych drzwi.

Ciemne chmury zawisły nad siedzibą Oliwera, ale przepuszczały od czasu do czasu promienie słońca. Micali nalał do dwóch szklanek wody i podał mi jedną. Chcąc go uspokoić, powiedziałem, gdy opuścił wszystkie rolety:

— Fabrice mógł mieć problemy. To mogła być zemsta. Nie możesz podejrzewać najgorszego. Niemniej, nasz nowy członek, Gregory Yard i mieszkaniec Villon Pray, zaniepokoił mnie. Nie podoba mi się jego ojciec, to chłodny człowiek.

4

Zapisał

Daniel Rosser

Tristan i Gregory siedzieli nad jeziorem Pray. W oddali kąpała się młoda dziewczyna. Weszła w brudną wodę naga i od czasu do czasu płynęła na plecach, wystawiając piersi na słońce. Znajdowała się po drugiej stronie jeziora. Gregory spoglądał co chwila nerwowo i marszczył czoło.

— Chcesz porozmawiać o tym incydencie w szkole? — spytał powoli Tristan.

— Nie wiem — odparł Gregory. Posmutniał.

— Co chciałbyś powiedzieć? — zachęcił go Roance.

— Rzucali wulgarnymi wyrażeniami jak surowym mięsem. Nazwali mnie ciotą, pedałem... jeden z nich powiedział: „ty w dupę jebany pedale".

Było coś niezwykłego w sposobie, w jaki z ust Gregory'ego Axela Yarda wypłynęły wulgarne słowa. Tristan to zauważył. Rozpacz i głęboki zawód. Młody chłopak zawiódł się na człowieku.

— Tacy ludzie nie znają innych słów. Są ograniczeni.

— Nie rozumiem, mam wszystko. A jednak jestem traktowany jak ktoś obrzydliwy. To, co robię... nie są w stanie docenić piękna? Nie jestem przecież gejem.

Tristan poklepał go po ramieniu. Kiwnął głową potwierdzająco.

— Wiem, że nie jesteś. Co czujesz? Czujesz gniew?

— Nie czuję gniewu. Rektor zarządził wówczas ukaranie ich... czułem sprawiedliwość... piekła mnie pod okiem. Ale dziś już tamto nie istnieje w mojej głowie w ten sam sposób. Zastanawia mnie, co im uczyniłem, że tak mnie nienawidzili.

— Stałeś się wyjątkowy. To boli innych.

— Wyjątkowy? Zawsze byłem taki sam. Ty jesteś uwielbiany, czy wydajesz swoją książkę, czy wymiotujesz do śmietnika pod R, kochają cię. Na tym polega to życie? Do tego świat dąży?

— Nie wiem... Może zbłądziliśmy wszyscy.

— Nie przekonujesz mnie, przepraszam.

Tristan długo milczał, nie poczuł się obrażony. Przez chwilę rozmyślał.

— Dałbyś im szansę?

— Na co? — ożywił się Gregory, zdmuchując kosmyk złotych włosów.

— Na naukę tolerancji.

— Nie. Nie mogą się jej uczyć, nie są w stanie. To się nam wszystkim należy. Kto tego nie rozumie już dawno jest...

— Martwy — dokończył Roance.

— Kto tego nie rozumie, nigdy nie był dla drugiego człowieka potrzebny.

— Nikt z nas nie naprawi świata. Nawet eXst.

— To zależy... ilu z nas naprawdę chce naprawy. Po co jesteśmy?

— By stworzyć... by próbować docierać — zawahał się Tristan, a potem dodał smutny: — A przynajmniej, aby zostawić coś konkretnego następnym.

— Za jakieś dwadzieścia lat?

— Świat się zmieni. Coś pęknie. Musi w końcu.

— „Zabijaj mnie... de-li-kat-nie. Chcę doznać roz--ko-szy...".

— Też uwielbiam tę piosenkę, Daniel nagrał najlepszy album na zakończenie XX wieku.

KRUKI

ROZDZIAŁ DZIESIĄTY

∞

OGARNIĘTY ŻALEM

Popełniłem najcięższy grzech, jaki człowiek może popełnić. Nie byłem szczęśliwy.

J.L. Borges

1

Opowiada
Tristan Roance

Dwa rodzaje umierania na tym świecie.

Pewien ciężko ranny żołnierz leżący na skrawku ruin miasta, wyniszczonego przez wojnę, patrzył w pochmurne niebo i wtedy właśnie, nie wcześniej, zdał sobie sprawę z powagi problemu, jakim jest wojna. Ta pchnęła kulę w jego żołądek i dała kilka chwil gorzkiego umierania. Brudny, bezsilny, człowiek pełen nadziei, tylko ona pozostaje w takich chwilach, leżał i próbował wspomnieniami powrócić do rodzinnego miasta. Nie było to łatwe. Ból raził całe ciało, pomimo że był szkolony do walki z nim, nie mógł się skupić. Umierał. Nie było odwrotu. Jeszcze tylko chwilę pozostawiła mu wojna, tak to za moment miała skończyć się jego historia. Gdzie trafi? Czy do raju? Zabijał. Czy morderstwa w słusznej sprawie eliminowały jego winę? Miał nadzieję. Czuł się słaby. Bał się, że zwymiotuje. Wtedy by się udusił.

Pojawiło się słońce. Wyłoniło znad obłoków. Jeszcze minuta. Jego głowa eksplodowała od wspomnień. Czuł się, jakby wszyscy jego przyjaciele, polegli już, widzieli stertę obrazów wyskakujących z jego głowy, żonę, dzieci, rodziców... wokół zmieniały się krajobrazy, leżał w miejscach mu bliskich — na szkolnym korytarzu, na placu w swoim mieście, wszędzie tam, gdzie za życia zdążył być... nic nie słyszał. Pył osłaniał jego młodą twarz, a świat zamykał już przed nim swoje wrota. Robiło się coraz jaśniej, cieplej, wszystko znikało. Odchodziło w niepamięć... Świadomość wchodziła w objęcia snu. Nie! Znikał. Temperatura ciała stawała się coraz niższa, serce przestało bić, usta wypełniła krew. Coś, czego nie nazwałby nawet wrzaskiem ani ostrzem, rozdzierało i poddawało anihilacji najdrobniejsze części jego umysłu, jego duszy, jego świadomości.

Zniknął, zniknęło wszystko to, z czego był zbudowany na tym marnym świecie...

Parę wieków wcześniej młodzieniec w tym samym wieku leżał pod starym dębem, wokoło szumiały drzewa, słychać było co jakiś czas to świerszcza, to pszczołę. Słońce górowało wysoko i grzało przyjemnie. Ze snu zbudziły go śmiechy sióstr biegających po łąkach i zbierających maki. Czerwień kwiatów przytłaczała młodzieńca, który stracił ukochaną. Tylko pogoda była dlań łaskawa. Reszta świata kpiła sobie z jego tragedii. Pozostało mu odpoczywać, naturalnie, w samotni. Ta przynosiła ukojenie, z czasem... problemy. Tych miał teraz sporo. Zbliżały się jego urodziny i prezent, jaki sprawiła mu ukochana, wbijał mu tylko ciernie w mokre od potu czoło. Obserwował biedronkę, która wędrowała po jego nodze. Po chwili leciała już w stronę jego sióstr. Zostawiła go już naprawdę samego. Cień, który okrywał jego ciało, zdawał się być bliższy chłodu goszczącemu w jego sercu. Myśli miał różne, żadne jednak nie były zbawienne. Na szali postawił swe życie oraz życie ukochanej, którego mimo że nie był panem, ośmielił się zlicytować. Ta, która nie może być jego, która nie chce być jego, musi zginąć, aby pamięć o niej była równie raniąca, jak to, co on przeżywa.

Słabym był człowiekiem. Determinował niemoralną decyzję, bo bał się własnej śmierci, nie widział w niej rozwiązania, prościej mu było pozbawić życia właśnie tę dziewczynę. Zasłużyła na to. Miał wszystko, czego mógł sobie zażyczyć. Wszystko to stało się niczym, gdy ją poznał. Od tej chwili cały jego sposób myślenia krążył tylko wokół niej, stała się jego światopoglądem... do czasu. Teraz odrzucony, pozostawiony sobie śmieć stracił wszystko. Ta, która zamieszała mu w głowie, winna za to zapłacić. Myśli dobijały go tym bardziej, że zdawał sobie sprawę z tego, iż jej spojrzenie wystarczy, by padł przed nią na kolana, jak na smyczy, jak zahipnotyzowany, wątły i słaby... patrzył na białe owieczki skaczące po lazurowym niebie.

Zasnął na tym marnym świecie.

2

Zamieszki pod domem bez adresu.

— Jak śmiesz odzywać się tak do Tristana! — zagrzmiał Marco. — Nie wolno nam winić Oliwera za jego nieobecność na dzisiejszym spotkaniu. Media wpadły w szał, od kiedy pod domem znajomej znaleziono ciało jego współpracownika. Dla bezpieczeństwa stowarzyszenia eXst eXiste Oliwer nie może pojawiać się w obecności któregokolwiek z nas. Dobrze o tym wiecie.

— Oliwer jest Głównym Przewodniczącym eXst. Uważamy, że...

— KTO... uważa? — Marco stracił cierpliwość.

— Spokojnie — odezwałem się nagle. W moim głosie nie było ani zdenerwowania, ani też jakiegokolwiek przejęcia się niepokojem w grupie. — Panowie, chciałbym przypomnieć, że eXst eXiste nie jest sektą, a Oliwer Micali nie jest naszym bóstwem. Może zabrzmi to jak coś nowego, ale pełnię funkcję Głównego Przewodniczącego Zastępczego.

Teraz wstałem i przeszedłem się kawałek po sali. Nie patrzyłem na nikogo. Swój wzrok skoncentrowałem na wielkim, złotym napisie eXeX, znajdującym się nad wejściem. Zerknąłem na zegarek, po czym stwierdziłem oschle, że nieobecność Oliwera należy traktować tak, jakby był przeziębiony.

— Nie jestem w stanie pojąć, skąd u was brak zrozumienia. Zginął najlepszy pracownik w firmie Oliwera. Jego przyjaciel zresztą...

— Och, wybacz, że ci przerwę przypominanie, jaki ważny jesteś u boku Oliwera, Tristanie. eXst eXiste stanęło w miejscu i nie zdziałaliśmy nic, odkąd to wszystko się zaczęło. Poza tym nie jesteś dla mnie... Nie śmiem wypowiadać się w imieniu innych... dla mnie nie jesteś odpowiedni... na stanowisku Głównego Przewodniczącego Zastępczego — zrobił chwilę przerwy, zanim jad znów napłynął mu do ust. — Może mi powiesz, że ćpanie w klubie R to przykrywka dla prasy. Uważamy, że upadasz, panie Zastępczy.

Zapadła nerwowa cisza. Wróciłem do swojego krzesła. Lekko uniosłem brwi, ale nie chciałem nic odpowiedzieć. W drzwiach pojawił się Agamemnon. Sergiusz Vesto był facetem z krwi i kości, silnie umięśnionym i szerokim w barkach. Kiwnął głową w moją stronę. Nadal nie odzywał się do Marca. Zawsze traktował go jak marionetkę. Nie uważał go w grupie. Jak każdy naturalnie i Sergiusz Agamemnon Vesto nie odważyłby się sprzeciwić Oliwerowi Micalemu, nawet ja byłem przez niego szanowany. Sergiusz nie potrafił tłumić agresji, toteż chętnie wyładowywał ją na ludziach takich jak Marco.

Posprzeczali się oczywiście o kolejny nabytek eXst eXiste. Marco Otboy na jednej z imprez w willi Oliwera zasugerował, żeby wciągnąć do stowarzyszenia światową gwiazdę pop kultury Daniela Rossera. Rozpętała się wojna; z czasem była coraz ostrzejsza. Vesto nie mógł znieść faktu, że do eXst przyjmuje się tylko wysoko postawionych ludzi, znanych światu z mediów lub mających bogatych rodziców. Agamemnon był mechanikiem. Ale nie tylko długa znajomość z Oliwerem była przyczyną, dla której Agamemnon był członkiem stowarzyszenia. Był człowiekiem, który miał swoje zdanie. Często inne od zdania pozostałych Realitów. Ale i on opracował kilka Prawd.

Oliwerowi spodobał się pomysł, by Daniel znalazł się w zacnym gronie Realitów. Wokół narosłej atmosfery nie było niespodzianką, że właśnie Agamemnon zostanie opiekunem Daniela. Nie odmówiłby Oliwerowi. A ten miał w tym swój cichy plan. Podczas pewnej rozmowy w willi Oliwera, Agamemnon dowiedział się czegoś więcej o swoim przyszłym podwładnym. W pokoju jak zawsze przesiadywałem ja i Marco Otboy (który w tej chwili zajęty był grą na wielkim telewizorze). Oliwer siedział przy biurku i odpisywał na jeden z e-maili z firmy. Sergiusz leżał na kanapie i klął pod nosem.

— Przestaniesz? — obruszył się Marco.

— Wytłumacz, dlaczego przyjmujemy tego przygłupa? — wycedził Sergiusz, robiąc przy tym przesadnie zdziwione miny, jakby naśladował kogoś zabawnego.

— Nie podoba mi się twoje nastawienie — odpowiedział Oliwer. Wyglądał na zmęczonego. Pod jego oczami pojawiły się fioletowe plamy, które razem z piegami sprawiały wrażenie zgniłych śliwek. Wypowiadając ostatnie słowo, spojrzał na przyjaciela. — Daniel jest normalnym człowiekiem. Rozmawiałem z nim. Cała jego kreacja medialna to chwyt. Nie nazywałbym go przygłupem.

— A ja z chęcią będę. Widzę, co robi na scenie, nie słucham wprawdzie jego piosenek, jednak uważam, że to pośmiewisko na skalę światową.

Marco się poruszył, ale pomimo otwartych ust nic nie powiedział. Spojrzał na Oliwera, który teraz posłał mu ostrzegawcze spojrzenie. To on tę rozmowę poprowadzi.

— Czy uważasz, że nie mam czym się przejmować? Sprawiasz mi wielki kłopot, robiąc problem... szukając problemu tam, gdzie ja go nie widzę.

— Skończmy — przerwał mu Agamemnon. — Masz... mamy kolejną drogocenną zdobycz i temat zamknięty.

— Nie do końca — odezwałem się niespokojnym głosem. — Uznaliśmy, że to ty zostaniesz jego Przewodnikiem.

— Domyśliłem się już wczoraj, że tak będzie. — Agamemnon nie wybuchnął. — Przygotuję go odpowiednio, jak na prawdziwego Realitę przystało.

Przez chwilę temat zszedł na moją książkę. Kontynuacja wielkiego dzieła pozostawała wciąż niegotowa. Byłem też niespokojny, co zauważył Oliwer.

— Chcesz nam o czymś powiedzieć? — zapytał. — Czekam, by jako pierwszy przeczytać kontynuację twojej książki. I co?

— Stanąłem i nie mam... weny — wydukałem. — Brak mi wyraźnego kierunku.

— Tyle się dzieje — powiedział Sergiusz. — Inspiruj się życiem choćby Oliwera. Zabito jego przyjaciela. Emocji nie brakuje. — Sergiusz ani nie był ironiczny, ani też się nie uśmiechnął.

— Agamemnonie, dziękuję ci za dobre rady — powiedziałem. — Na tę chwilę jednak chciałbym oddać się stowarzyszeniu.

— Tristanie! Na Boga, wymyśliłeś większość Prawd i od początku jesteś moim Zastępcą. Kto jak kto, ale ty zasługujesz na chwilę dla siebie. Chwilę na pisanie.

— Nie obawiajcie się. Książka będzie gotowa do końca roku.

W willi Oliwera nie mówiło się o hucznych imprezach w klubie R kończących się nad ranem. Nie mówiło się o Agamemnonie, którego ogólnie bało się pół miasta, który miał znajomości i nie wahał się rozwalić jednemu czy drugiemu cwaniakowi twarzy w R. Nie mówiło się o mnie, kiedy uprawiałem seks z tancerkami nawet przy stoliku w klubie i często wynosili mnie naćpanego do tego stopnia, że nie mogłem iść o własnych siłach. Klub R był jedynym miejscem, gdzie

Realici udawali, że się nie znają, poza naszą czwórką. R odwiedzali celebryci, czasem udało się zatem dostać do środka jakiemuś dziennikarzowi. Tajemnica stowarzyszenia eXst eXiste była jednak świętością. Każdy dbał o to, aby jej nie zdradzić. Nawet pijany lub naćpany, w zależności od dnia tygodnia, milczałem jak grób. O mnie zresztą nikt się nie martwił. Nikomu Oliwer tak nie ufał jak mnie. Jestem inteligentnym człowiekiem, który dosyć doświadczył.

W prasie pojawiła się pełna i oficjalna lista piosenek nowego albumu Daniela Rossera:

001 Disco Priest
002 Broken Beat (Explicit)
003 I Need Jesus In My Disco
004 Babylon Must Grow
005 Hard And Naughty (Explicit)
006 Naked Prince
007 Beer For Bears
008 Surrounded By Sorrow
009 Under the wings of a raven
010 Silver Virgin
JAPANESE BONUS TRACK:
011 Now We're Gonna F*ck! (Explicit)

3

Tej nocy wymioty wymęczyły wyjątkowo silnie mój organizm. Płakałem nad toaletą. Nie miałem już sił, nie miałem już czym wymiotować, jednak lała się ze mnie ślina na samą myśl o tym, co wziąłem.

Gregory otrzymał ode mnie kolejną kasetę VHS. Młody Yard jest uważnym widzem. To ciekawe... kiedy ogląda coś w telewizji, robi to z wielkim skupieniem, ale nie odpływa, jest czujny. Niebieskie światło, jakie emanuje z ekranu, rysuje zorze na jego białej skórze, gdy w pokoju panuje półmrok.

— Czy możesz powiedzieć, jak przebiegają prace nad kolejną książką?

— Myślę, że tak jak zawsze. Powstawanie książki nie wygląda tak samo, jak na przykład nagrywanie albumu muzycznego. Choć znalazłoby się kilka podobieństw. Piszę wówczas, kiedy mam więcej wolnego czasu. Potrzebuję braku ograniczeń. Najlepiej gdy nie mam innych obowiązków, spotkań, rozmów. Tak naprawdę potrzebuję co najmniej trzech wolnych dni, aby się za pisanie wziąć.

— Czy kolejne dzieło jest planowane po każdej linijce osobno? Czy może powstaje ono dość swobodnie?

— Próbowałem pisać bez planu. Nie jest to możliwe. Książka musi mieć swój plan. Autor go potrzebuje, ponieważ porządkuje mu myśli. Nie pamiętam, bym tworzył coś, nie zastanawiając się nad jakąś linijką tekstu. Zawsze każda coś ze sobą niesie. To chyba poprawne.

— Myślisz, że inni pisarze także piszą w ten sposób?

— Nie zajmuję się badaniem innych pisarzy. Uważam, że nie ma także drugiego, który pisałby tak jak ja.

— Tak się dawno nie pisało, na takie pisanie nie każdy może sobie dziś pozwolić, a jednak. Ty. Dlaczego?

— Ponieważ nie wyobrażam sobie pisania w inny sposób. To dla mnie naturalne, ja nie czytam współczesnych autorów, ponieważ piszą tragicznie. Wszystko jest takie ułożone, ładne i... niepotrzebne.

— Niepotrzebne?

— Owszem. Przeglądam czasem kilka stron nowych książek... jestem rozczarowany. Autorzy traktują w tym momencie książkę jak płytę, gdzie tworzy się kilka ciekawych elementów, a reszta to tylko wypełniacze. Ja nie pozwalam nudzić się swojemu czytelnikowi, ponieważ sam się przy tym nie mogę nudzić. Literatura dzisiaj niekiedy nie jest nawet godna publikacji. Dzieła są tak paskudne, że nie pozostanie po nich w przyszłości ślad. Z kolei moje książki będą tematem prac doktorów i profesorów. Ja tworzę literaturę współczesną, taką, jaka ludziom jest potrzebna.

— Ludzie potrzebują dostać, wybacz za określenie, po oczach? Myślę nawet, że słyszałem te słowa kiedyś z twoich ust... Czy tak jest?

— Mój czytelnik po prostu nie jest okłamywany. On dostaje pewien obraz, ale nie jest jego elementem, jest dla niego nieosiągalny i ja nie okłamuję swoich chlebodawców, że staną się dla tych książek kimś wyjątkowym.

— Czy to znaczy, że twoi czytelnicy nie mają czerpać z książek jakichkolwiek wartości, przyjemności? Te książki nie są dla nich?

— Książka pozwoliła mi odnieść sukces, a ten wiąże się z oczywistym faktem, przeczytało ją wielu ludzi. Ale czytanie nie zawsze idzie w parze ze zrozumieniem. Absolutnie nie umniejszam nikomu inteligencji. Chodzi mi o to, że ja piszę dla ludzi skrzywdzonych. Myślę, że tylko ci, którzy dostali od życia po pysku... te książki będą dla nich.

— A co z resztą?

— Dla reszty otwiera to normalny proces krytyki.

— Czy stanowi ona dla ciebie problem?

— Nie może. Ponieważ ja tylko udostępniam innym, nie pod przymusem, kawałek tego, co mi sprawia radość. Ja piszę dla siebie. Piszę sobie książki, by mieć co czytać dziś, cenię sobie książki z wczoraj. Jutro będę tylko analizowany i interpretowany przez odpowiednich ludzi. Skrytykują ci, dla których tego nie napisałem.

— Którzy nie zrozumieją?

— Po prostu skrytykują czytelnicy, którzy w książce siebie nie odnajdą. Mówiłem już, dla kogo piszę.

— Chodzą głosy, że nową książkę, bardziej od poprzedniej, ciężko ci skończyć. Mówiłeś, że piszesz tak, abyś był zadowolony. Nie jesteś?

— Jestem, zawsze jestem zadowolony z tekstu, jaki powstał. Ale nie jest to skończony tekst. Odszedłem w tej książce od składania. Wcześniej książki budowałem z pojedynczych fragmentów, które powstawały w różnych odstępach, nie były chronologiczne. Sprawiało to czasem kłopoty. W przypływie pozytywnych myśli potrafiłem zmieniać na przykład osobę mówiącą, potem trzeba z tym walczyć i poprawiać.

— Jesteś swoistym fenomenem. Na pewno obiektem obserwacji. Ludzie zastanawiają się, jak to jest... piszesz, ale i spędzasz dużo wieczorów, nocy w R.

— R to miejsce przypominające mi pierwszą dyskotekę, na którą poszedłem w wieku osiemnastu lat ze znajomymi. Miejsce, które witaliśmy czasem puste, wypełniało się ludźmi i dymem papierosów. W połowie imprezy zawsze było szaro, dookoła chodziły kelnerki, które, jak pamiętam, nie wyglądały przyjaźnie. Zbierały szklanki, kufle. Pamiętam zawsze naćpanego didżeja. Stado dziewczyn ubierających się na pobliskim rynku, próbujących zwrócić na siebie uwagę ochroniarzy, ale nie tylko. To było dla mnie miejsce niezwykłe, naprawdę. Muzyka zawsze wspaniała, niektóre widoki żałosne. Ale tak bywa zawsze w takich miejscach. Pamiętam mężczyznę, strasznie pijanego, który ściągnął koszulkę. Chwilę potem dostał po twarzy od łysego i napompowanego ochroniarza i został wyprowadzony.

— To ci się podobało?

— To nie jest tak, że mi się podobało, choć wspominam miło te chwile. Po prostu tutaj R jest bardzo podobne do tamtego klubu. Widzę siebie młodszego, wśród ludzi, których dziś przy mnie nie ma.

— Dlaczego ich nie ma?

— Nie ma ich, ponieważ każde z nas ma swoje życie. Kto nie jest częścią mojego życia, nie istnieje dla mnie.

— To przykre.

— Według ciebie może i smutne. Dla mnie jest to proste.

— Czy ktoś cię skrzywdził?

Poczułem silne ukłucie w żołądku. Czoło miałem gorące, ciekawe, czy się zaczerwieniło.

— Na pewno. Każdy ma jakieś złe wspomnienia.

— Chcesz o tym pisać? Chcesz pisać całe życie?

— O nie, na pewno nie chcę pisać całe życie. Dziś utrwalam swoje myśli, jutro pozwolę im ginąć. Nie chcę zatrzymywać każdej. Nikomu nie jest to potrzebne.

Mojej pierwszej książce daleko było do komercji. Została zbudowana na fundamentach bezradności. To najgorsze, co może człowieka spotkać. Niemożność radzenia sobie z tym wszystkim, co rozumie doskonale. Nie jestem pewien, czy każdy człowiek tak ma. Myślę, że musiało być to zaskoczeniem, skoro książka w komercję jednak wpadła, przytulona została jej silnymi ramionami i stała się produktem masowym. Dzieje się tutaj wiele niedobrego, nie umiem nad tym panować, ale chętnie się tym dzielę. Nie jestem człowiekiem, który płacze, gdy dzieje mu się krzywda. Płaczę, gdy tych krzywd się nazbiera.

4

Czerwone słońce wlewało się przez okna do mojej wielkiej willi, zostawiając złote smugi światła na polerowanych płytkach z włoskimi wzorami. Siedziałem w swym pokoju na piętrze. Wielkie łoże z baldachimem, należycie pościelone, na którym leżały różnej wielkości jedwabne poduszki, znajdowało się naprzeciw pięknego, rzeźbionego kominka, w którym przyjemnie strzelało płonące drewno, ściany w eleganckiej czerni z rażąco fioletowymi, orientalnymi kwiatami, wijące się po podłodze aksamitne zasłony, drewniane fotele obite białą skórą i wielki obraz w zdobionych ramach nad kominkiem, w towarzystwie świec, przy łożu okrągły stoliczek z lampką i butelką francuskiego wina, obok kieliszka, na którego dnie zostało trochę czerwonego trunku, przy jednym z okien stało biurko, przy którym siedziałem. Za moimi plecami, przy drugiej ścianie stał stylowy dziewiętnastowieczny regał na książki. Tak, pokój zapierał dech w piersiach, podobnie jak cała rezydencja.

Był u mnie Gregory, który coraz częściej chciał odwiedzać Aparash Ballar Roance I. Chyba stawałem się jego przyjacielem. Nie wydaje mi się jednak, by uznawał takie pojęcia za istotne.

— Wydawało mi się, że Oliwer okaże się tyranem, zaskakuje mnie. Widziałem go tylko raz, w telewizji. Przemawiał wówczas krótko u boku dziadka. Wydaje się być spokojnym przywódcą... jeśli jest jakikolwiek sens nazywać go w tak poważny sposób.

— Oliwer jest dobrym człowiekiem — odparłem — który idealnie kontroluje życie eXst. Ale musisz mi wierzyć, że nie ma lekko. Poza stowarzyszeniem ma na głowie sprawy ΔDQ, a niedługo przejmie także rodzinny interes. Nie wydaje mi się, aby mógł sobie pozwolić na chwile słabości właśnie w tym momencie.

— Co masz na myśli?

— Oliwer Micali bardzo przeżywa rodzinną tragedię. O tak. Samobójcza próba brata to wielki cios. Choć przy nas stara się okazywać tylko wściekłość, wiemy, co tak naprawdę przeżywa. Był niezwykle związany z bratem. Wychowywali się wspólnie na wsi.

— To musiał być niewątpliwie bolesny cios.

— Nie znasz Oliwera. Potrafi być przykry. Wtedy osłania się władzą. I nie wiem sam, czy powinienem go rozumieć, czy przekonać, że to wbrew zasadom, jakich winien strzec.

— Być może, dlatego eXst eXiste nie stanowi jedna osoba. Musimy przestrzegać, co jest nam dane i nie zbaczać.

ROZDZIAŁ JEDENASTY

POD SKRZYDŁEM KRUKA

1

O dwiedziłem Oliwera z samego rana. Dochodziła godzina piąta, ale niebo było już jasne. Zastałem go ubranego, jakby nie kładł się tej nocy spać. Prawda jednak była inna. Oliwer przygotowywał się o godzinie czwartej do ćwiczeń. Po piątej był gotowy, by rozpocząć dzień w ΔDQ. Miałem do niego jedną prośbę, już kiedyś zapytałem go o to, lecz Oliwer nie wyraził zgody. Dzisiejszego dnia miało się stać wedle mojego namysłu.

— Co cię sprowadza tak wcześnie?

— Widzisz, myślę, że nadszedł czas, aby Marco objął moje stanowisko. A ja, jak ci wspominałem zimą, nadal chcę zostać Przewodnikiem Gregory'ego.

— Też... myślę, że czas na tę zmianę. Marco to chłopak z zasadami. Jak my wszyscy. — Oliwer uśmiechnął się. — On jednak ma tę hardą chęć ich pilnowania...

— I przestrzegania — dodałem. — Zależy mi, aby poznać Gregory'ego. Tłumaczyłem ci już to. To na potrzeby mojej książki.

— Tak. W porządku. Opracuję wiadomości e-mailowe dla członków eXst eXiste.

Wieczorem siedziałem w swoim pokoiku i to pisałem coś na maszynie, to spoglądałem za okno. Uwielbiałem tak pracować, w absolutnej ciszy, z punktem, w który mogłem uciec spojrzeniem po gonitwie tysiąca literek. Przede mną ciężkie zadanie. Przeżywałem kolejne dzieło z serii, która zawładnęła światem. Miałem jednak siłę i radość, ponieważ dostałem to, co chciałem. Zostałem Przewodnikiem Gregory'ego Yarda.

Następnego dnia e-maile trafiły do członków stowarzyszenia. Zostali oni poinformowani o zmianie Przewodnika Yarda, ale i mojej rezygnacji ze stanowiska Głównego Przewodniczącego Zastępczego. Pojawiłem się tego dnia u progu majestatycznej willi Yardów. Gregory spodziewał się, że do spotkania dojdzie bardzo szybko. Znał bowiem perfekcjonizm, jakim się chwaliłem. I słusznie. Nie pojawiłem się jednak u Gregory'ego po to, by rozmawiać o eXst eXiste. Przyszedłem do niego opowiedzieć mu o swojej nowej historii... Poinformowałem go, że z chęcią napiję się czegoś dobrego i że, o ile to nie kłopot, zostanę także na obiedzie.

— Nie wydaje mi się, abym był w stanie wcześniej skończyć, to co chciałbym ci powiedzieć. Nie wątpię, że zadasz mi sporo pytań — powiedziałem, sadowiąc się na jednej z pięknych stylowych kanap. Gregory był zadowolony. Bardzo lubił moje książki. Miał kilka wydań w swojej biblioteczce. Czuł się tak zadowolony, jak i zdziwiony.

— Z wielką przyjemnością wysłucham opowieści o twojej kolejnej książce z cyklu.

— Literatura nie umiera. Pragnę, abyś mi bezgranicznie wierzył. Proszę cię o to. Jako twój Przewodnik mógłbym ci nakazać, mógłbym powiedzieć ci, podyktować, jak masz myśleć. Ja jednak przychodzę tu do ciebie po przyjacielsku z prośbą, abyś mi ufał. Myślę, że jesteś na to gotowy.

Gregory przełknął głośno ślinę i nie ściągał ze mnie wzroku. Był gotów na to, aby mi zaufać? Co miało to oznaczać? Postanowił mnie wysłuchać. Siedział obok najpopularniejszego pisarza ostatnich lat i przyjaciela Oliwera Micalego. Nic więcej nie trzeba dodawać, aby zaufać Tristanowi Roance'owi!

— Jak zapewne słyszałeś, poświęciłem wiele czasu, aby dojść do tego, do czego doszedłem i by osiągnąć to, co nikomu przede mną się nie udało...

2

Gregory pojawił się w wydawnictwie wcześnie. Miał się tam spotkać wyłącznie z fotografem, by przedwcześnie przygotować nową okładkę magazynu. Miał już pewien pomysł. Trzymał w torbie kilka starych fotografii, które zrobiła mu jeszcze jego matka, kiedy był bardzo mały. Usiadł z fotografem przy szklanym stole i rozłożył mu zdjęcia, pokazując dwa najbardziej wyraźne i dość podobne. Miał na nich kilka lat, może pięć. Na obu był uśmiechnięty. Od zawsze miał burzę pięknych blond włosów. Policzki były pełne, uśmiech przyjemny i beztroski, a oczka skupione, na zdjęciach radosne.

— Zrobimy zdjęcie półnagie. Sfotografujesz mnie od pasa w górę. Ciało ma być pokryte czarną łuską. Wszystko robimy komputerem. Nie chcę makijażu. Nie mamy na to czasu ani ludzi. Dlatego ciebie wezwałem. Jesteś najlepszy. Wykonasz to zdjęcie tak, jak ci opiszę. To zdjęcie. — Gregory wskazał na pierwsze, na którym był małym chłopcem. — Musisz skopiować kilkakrotnie. Chcę, aby te główki były tłem, pomalujesz je w dwóch kolorach, czerwonym i niebieskim. Połączysz blisko siebie. Ja będę stał z lekko uniesioną prawą dłonią, nad którą będzie unosił się mały krzyż. W lewej dłoni będę trzymał główkę z innej fotografii. Zamiast ust moje zdjęcie sprzed lat będzie miało czarny X, a pod główką pełno będzie magii...

— Magii? — Czterdziestoletni fotograf uśmiechnął się. Pomysł już mu się spodobał, ale bał się, że może się pogubić.

— No tak. Wyczarujesz mi tu komputerowo magiczną poświatę wokół główki. Ma być świetliście. Do tego chcę, abyś zrobił ze mnie łysego.

— Na pewno? Nie szkoda ci tych włosów?

— Tak jak powiedziałem. To będzie wielkie zdjęcie.
— Nie śmiem wątpić. Zabieramy się do pracy.

3
SEN CZWARTY

Nie wiem, gdzie wówczas się znalazłem, nie wiem nawet w jakiej pozycji. Czy stałem, siedziałem, a może leżałem? Pamiętam, trwało to kilka sekund. Wiedziałem jedno. On nadciągał, napływał na mnie. Czułem jego obecność. To był właśnie On. Nie wiem, jak wyglądał. Czułem ciemność i jego czarny oddech. To był szatan. Musiałem się modlić. „Ojcze nasz, któryś jest w niebie"... nie reagował, mówiłem dalej, głośno i powoli... Ale nagle stało się coś, co nigdy wcześniej nie mogłoby mieć miejsca. Moja modlitwa straciła swój naturalny dźwięk, słowa zamieniały się w wycie identyczne, jakie wydaje gwizdek w czajniku z gotującą się wodą... wyłem jak czajnik.

Diabeł przerwał mi modlitwę.

Nie miałem najmniejszych szans. Budziłem się bardzo powoli, jakbym wynurzał się z bagna. Plecy delikatnie oderwały się od poduszki i uniosły wraz z głową. W pokoju było ciemno. Ale dostrzegałem charakterystyczne przedmioty. Czy moje oczy nie powinny przyzwyczajać się do ciemności przez jakąś chwilę? Widziałem od razu. Sen na jawie, wizja? Zakryłem uszy kołdrą, obróciłem się na lewy bok.

I gdzie się wówczas znalazłem?

SEN

ROZDZIAŁ DWUNASTY

☉

W BIAŁEJ, ZAKRWAWIONEJ KOSZULI

Minęło jedenaście minut po północy. Do pokoju wleciała przez uchylone okienko wielka ćma. *Attacus atlas*, to musiała być ona. Spojrzałem na nią ze wstrętem i chwyciłem za but. Wystraszyłem się... ale chwilę później po tańcu w kierunku śmierci, ćma wpadła do lampy. Przez chwilę obserwowałem już tylko, jak odbija się od żarówki i parząc swe ciałko, kona.

On jest twoim światłem tak samo jak i twoim wymysłem. Oprawca jest ćmą tak pragnącą światła, że życie poświęci, by umrzeć z gorąca. Możesz stracić życie przez ćmy. Tylko dlatego, że uważasz ich światło za bzdurę.

Moje robaczywe sny

1

W tak koszmarne dni jak ten człowiek marzy o jednym — zimnym prysznicu. Słońce rozlewało się po powierzchni parującej ziemi. Upał niemiłosierny! Nie ma w takich chwilach gorszego miejsca chyba niż pole. Właściwie to szedłem polną drogą. Najnormalniejszą z normalnych. Tu kamień, tam kamień, pełno chwastów, a co jakiś czas nawet kilka rozbitych butelek po wyjątkowo tanich trunkach. Wokoło mnie roztaczały się do przesady złote pola, a droga przecinała je i ciągnęła się w nieskończoność. Szczerze mówiąc, pierwszy raz w życiu byłem w takim miejscu. Dodam, że w tej chwili nie wiedziałem za bardzo, gdzie konkretnie jestem.

Wychowałem się w brudnym i nieciekawym mieście, jednak teraz oddałbym wiele, aby znaleźć się w moim starym, ale chłodnym pokoju, jaki miałem, gdy byłem młodszy, a nie w tym żarzącym się polnym kotle. Cóż, szedłem dalej z nadzieją, wypatrując ratunku. Jak to w polu odznaczały się krwiście czerwone maki i błękitne chabry, które kolorem pasowały do naprawdę uroczego nieba. Być może to piękny widok, ale temperatura dawała w kość. Poza tym nie wiedziałem, gdzie jestem i co gorsza, jak się tu znalazłem.

Sen piąty

Idąc tak, nie zastanawiałem się nad niczym specjalnym. Zaniepokoiło mnie jedynie, że będąc wśród alergicznej bomby pyłków, nie słyszałem ani świerszczy, ani ptaków. Ta cisza była dziwna. W końcu ujrzałem coś wartego uwagi. Oto przede mną, na środku polnej drogi, stał wyższy wprawdzie ode mnie, ale nie nazbyt szeroki mur. Czerwona cegła. Podobne ściany zastałem w kupionym kilka lata temu mieszkaniu. Mama wydała dwie pensje na jego remont. Kto i w jakim celu stawia ścianę (którą można przecież obejść dookoła) na środku drogi, na polu, gdzie nie spotkałem jeszcze nikogo żywego? Zwątpiłem nawet, czy sam czasem nie jestem już martwy. Postanowiłem oczywiście obejść przeszkodę, ale to, co ujrzałem po drugiej stronie, mogłoby niejednego słabego człowieka przyprawić o mdłości... Ale po kolei. Naprzeciw ściany stała druga, identyczna. Między nimi, na środku, znajdował się człowiek.

Mężczyzna miał około lat dwudziestu, może dwudziestu pięciu. Był dobrze zbudowany, ale na tę chwilę i bardzo wymęczony. Ściany bowiem połączone były zardzewiałym, ale grubym łańcuchem, który przechodził mężczyźnie przez prawy bok na wysokości pępka. Zielona koszulka, którą miał na sobie, nasiąknięta była krwią, czerwień mieszała się z czernią, wiele z niej już zakrzepło. Słyszałem tylko jego jęki, ale czułem się, jakby wołał o pomoc i błagał o to, abym przerwał jego ból. Odkryłem, że sam nie mogłem wydać z siebie żadnego odgłosu. Nie wytrzymałem, zwymiotowałem na skraju tej złotej kołdry. Podszedłem po chwili do niego i próbowałem coś zrobić, szarpałem się z łańcuchem, jak w turnieju przeciągania sznura. Naturalnie nie wygrałem. Zacząłem odchodzić na bezpieczną, wolną od myśli, odległość. Łańcuch ustąpił. Wycie mężczyzny, przez którego bok gruby metal wysuwał się niczym wąż, przeszył mnie od stóp po czubek głowy. To było jak płacz dziecka, uderzenie dzwonu kościelnego, wrzask kobiety. Mieszanka wszystkiego, co może rozpruć nasze bębenki; to było tak przeraźliwe!

Ściany jak domki z piasku na złotej plaży obsypały mężczyznę. Nie miał szans. Ja leżałem na pokaźnym łóżku zlany potem. Zacząłem cicho podpowiadać sobie oczywistą rzecz — to tylko sen. Jak na złość musiała być czwarta nad ranem.

2

Gregory siedział w przyjemnie urządzonym pomieszczeniu jednej z restauracji w centrum Mirror. Naprzeciw niego siadła elegancka kobieta po trzydziestce o rdzaworudawych włosach prostowanych tego dnia pół godziny.

— Przede wszystkim chciałabym ci podziękować za to, że zgodziłeś się wziąć udział w wywiadzie. Co cię skłoniło, aby w końcu przemówić?

— Jestem zdania, że trzeba niekiedy pozwolić sobie wejść na nieznaną przestrzeń, by odkryć w niej swoje miejsce.

— Studiujesz, czy sprawia ci to radość?

— Sprawia mi to wielką przyjemność. Dostaję materiał, który jest cenny. Tak myślę.

— Jak dogadujesz się z innymi? Czy masz swoją akademicką paczkę, a może koło przedmiotowe?

— Nie.

Po krótkiej chwili reporterka ze smutnym zniechęceniem kontynuowała:

— Przyjaźnisz się z pisarzem Tristanem Roance'em...

— Tak to pani nazywa. Znamy się, wymieniamy poglądy.

— Czy nie boisz się, że może cię sprowadzić na złą drogę? Ostatnio sporo imprezuje.

— Nie jestem kompetentny, by na to pytanie odpowiedzieć. Pewnie pani wie, że do klubu nie chodzę.

— Opowiedz o nowej sesji zdjęciowej „MASHTIE". Jest mocna... inna.

— Jest wkroczeniem na nową przestrzeń.

— Różni się od tych znanych z poprzednich numerów. Pozwoliliście sobie na więcej. Dlaczego?

— Powtarzalność jest nudna.

— Jak powstaje zdjęcie?

— Zaczynamy od aparatów. To brzmi banalnie, ale mamy swoje nazwy. Dla przykładu zdjęcie wykonane aparatem jest zdjęciem surowym. Potrzeba je odpowiednio przygotować, by zachwycało i zaspokajało głód odbiorcy. Nasi czytelnicy nie lubią surowego...

— Czyli takie zdjęcie jest podstawą do retuszu?

— Tak, jest. Zdjęcie ma oddziaływać. Potem następuje przygotowanie narzędzi: tła, odpowiednich pędzli i elementów dodatkowych. Stawiamy na światłocień, na elementy fantastyczne. Nasze zdjęcia mają pokazywać coś, z czym odbiorcy nie mają do czynienia na co dzień. To ich ma przenieść w nasz świat.

— Czy powiesz coś o granicach, o przekraczaniu granic? Mówiłeś o nowych przestrzeniach...

— Przekroczenie pewnej bariery jest otwieraniem sobie drzwi do nowych przestrzeni.

— Czy odnajdujesz się tam?

— Ja tak.

— A inni, jak z odbiorem? Jak sprzedaje się magazyn w nowej odsłonie?

— Sprzedaż wzrosła, ale to normalne. Dla nas jest to bardziej fascynujące, my to przeżywamy bardziej. Widzimy więcej.

— To trochę ryzykowne. Podnoszenie poprzeczki sprawia, że ciężko jest stworzyć coś zaskakującego. Co z tym zrobić?

— Nie mam w tej chwili możliwości odpowiedzieć pani na to pytanie. Musi pani poczekać do kolejnej sesji.

— Kiedy praca nad zdjęciem się kończy?

— W momencie publikacji. Nie wcześniej. Zdjęcie opublikowane jest zdjęciem skończonym.

— Czy odpowiadasz za wszystkie pomysły na zdjęcia?

— Za wszystkie.

— Czy one są elementami większej układanki? Czy coś chcesz przekazać? Czym się inspirujesz?

— Nic nie dzieje się przypadkiem, jeśli pomysł rodzi się w głowie, pojawia się tam z konkretnych powodów. Nie wydaje mi się, bym był świadom pochodzenia każdego z nich. Zdjęcia są próbą powiedzenia o tym, co w duszy gra, co dzieje się w głowie. Inspiruję się tym, czym żyję. Tym, co widzę w telewizji, o czym czytam w Internecie i w książkach. Mniej i więcej tym.

— Twoje zdjęcia są budulcem twojej legendy. Zdajesz sobie z tego sprawę? Wydaje mi się niemal oczywiste, że musisz pisać. Tak jak twój znajomy Roance.

— Tak jak Tristan Roance nikt nie pisze. Znam go od niedawna, poznajemy się.

— Czy mogę spytać o twoją orientację? On jest biseksualny. Jak wyglądają wasze kontakty?

— Jestem człowiekiem. Nie jestem partnerem Tristana ani jego kochankiem. Proszę już mnie o niego nie pytać.

— Niedawno w Paryżu odbył się koncert w ramach trasy „The Babylon Must Grow Tour" Daniela Rossera. Paparazzi przyłapali cię na show, które miało miejsce w filharmonii. Jesteś fanem, czy znasz go osobiście?

— Znamy się z Danielem, towarzyszę mu czasem, gdy jest w kraju.

— Tournée powitało wiele znanych osobistości wśród...

— Proszę o kolejne pytanie.

— Czy kupiłeś album Daniela *Lucid Dream*?

— Kupiłem i dostałem. Mam dwa. Jestem bibliofilem i kolekcjonerem muzyki.

— Podobają ci się piosenki?

— Tak, jeśli chodzi o muzykę popularną w męskim wykonaniu, Daniel jest mistrzem. Ma wyostrzony słuch na to, co dobre, co spodoba się masom.

— Tak jak ty, jeśli chodzi o zdjęcia. Twoje ulubione piosenki?

— Na razie wypuszczono singiel promocyjny do klubów *I Need Jesus In My Disco* oraz *Babylon Must Grow*, na planie którego byłem. Widziałem, jak klip powstawał. W małym teatrze.

— Ten album został okrzyknięty najlepszym w 1999 roku. *Babylon Must Grow* z dudami na początku i wykorzystujący dubstep okazał się strzałem w dziesiątkę. Zdominował wszystkie listy przebojów. Ten album wyprzedził czas... A może nakreśli nowe tysiąclecie. To już za kilka miesięcy.

— Tak jak pani mówi.

— Jakie są twoje ulubione piosenki?

— *Silver Virgin* z refrenem „Zabijaj mnie delikatnie...", który napisał sam Tristan Roance, co zresztą w booklecie można odnaleźć. *Naked Prince* oraz *Surrounded by Sorrow* z tekstem: „Myślałem, że ten taniec będzie czymś wyjątkowym...".

— Czy wiesz, jaki będzie kolejny singiel?

— Wiem, znam wszystkie single. Ale jedyne, co mogę zdradzić, to informacja o planowanej na rok milenijny reedycji.

— To dobra wiadomość. Czy możesz powiedzieć chociaż, ile singli wyjdzie i ile z nich będzie miało klip?

— Daniel planuje jeszcze cztery single oraz jeden promocyjny. Powstaną jeszcze dwa klipy.

— Szkoda, wszyscy czekają na więcej. Emocje są wielkie. Rozmawiamy o ludziach sukcesu. O twarzach, które stały się samonapędzającymi się markami.

— Nazywa tak pani sposób na życie, jesteśmy ludźmi, nie markami.

— Czy inspirujecie się nawzajem?

— Nie wiem. Może są pewne podobieństwa w tym, co tworzymy, co ludzie, z którymi współpracujemy, tworzą dla nas. Tristan był zaangażowany w kilka piosenek Daniela. Jest jego fanem.

— Twoja mama zmarła szybko przez narkotyki. To musiało być bolesne. To dlatego omijasz takie miejsca jak R? W tę przestrzeń nie wchodzisz?

Victor Laq przerwał rozmowę.

— To wszystko — odparł Gregory.

3

Znów spędziłem romantyczną noc przy lampce w towarzystwie ciem. Obudziłem się po trzech dziwnych i niepokojących snach. Postanowiłem je spisać.

Tej nocy miałem trzy sny. To zdarza się stosunkowo dość rzadko, ale jeśli już zdarza, to miewam kilka snów. Dwa także, ale w przypadku, gdy zostanę wybudzony w nienaturalny sposób, nie mogę dać szansy pojawieniu się trzeciego snu.

Sen szósty

Byłem w dziwnym, ciasnym pomieszczeniu o prostych szarych ścianach. Znajdowałem się w figurze geometrycznej przypominającej literę U. Wewnątrz zanurzonej głęboko w wodzie figurze. Byłem suchy, słyszałem szum wody, jakby pomieszczenie opadało niżej, głębiej. Bałem się, że nagle woda wedrze się przez otwory po obu stronach figury. Zawsze potrafię przerwać sen. Kolejnym krokiem jest panowanie nad obrazem i kreowanie snu wedle własnej woli.

Sen siódmy

Pamiętam, gdy chodziłem po ścianach o stromych, zaokrąglonych podłożach spadających i ginących w ciemności. Nie patrzyłem w dół na okrągłej szarej skale, o krok od bezdennego powietrza.

SEN ÓSMY

A potem... znalazłem się w zdemolowanym pokoju o ścianach z podartą tapetą. Miały drzwi na białe niebo. Podszedłem. Byłem bardzo wysoko, na dole znajdowało się jezioro, a w nim ludzkie wnętrzności, jak rekin szarżujące szybko. Ciało bez skóry pływające w wodzie jeziora. Trochę żałosne, jak ze starego horroru. A ja mimo woli spadałem. Pewnie ze łzami w oczach, nie pamiętam. Leciałem w dół. Budziłem się zakłopotany.

Dni, tygodnie, miesiąc...

SEN DWUDZIESTY SZÓSTY

Czuję się, jakbym przemierzał otchłań pochwy. Brodzę rękoma w środku, zanurzam się, czuję ciasnotę, miękkość i słony smak. Przygniata mi ciało. Tonę, ginę, jak pożerany przez pytona. Moje kości muszą pękać. Rejs w nieznane zakończony fiaskiem.

SEN DWUDZIESTY SIÓDMY

Gonią mnie komary wielkości pięści. Plują czarnymi kroplami, po czym cieniutkie opadają lekko na pustynny piasek, opadają jak płatki śniegu. Czarne krople rozbijają się o ziemię i rozpryskują moją krew. Piasek zamienia się w czerwoną rzekę, słońce zachodzi. Ja tonę.

SEN DWUDZIESTY ÓSMY

Czuję się źle. Wiem, że jestem stale obserwowany. Wstaję w ciemną noc z łóżka i coś liże moje nogi. Idę pospiesznie w stronę toalety i czuję wiaterek suszący wilgotne pięty. Idę po omacku i nie mam odwagi otworzyć oczu. Wiem, że nie jestem sam. Obecność nie pachnie, nie wydaje dźwięku. Jest, ja to wiem. Opłukuję twarz zimną wodą. Nic nie słyszę, cicha noc. Jakbym był głuchy. Kiedy wracam, zakrywam się kołdrą, a na ścianie widzę zarysowany wysoki cień. Śpię cały czas. Nigdzie nie wstawałem tej nocy. Nic nie widziałem. Śniłem świadomie.

SEN DWUDZIESTY DZIEWIĄTY

Chodzę po czymś miękkim, przyjemnym i jasnym jak skóra... ale wewnątrz jest twardsze, pełne krwi. Idę do przodu.

ROZDZIAŁ TRZYNASTY

⊙

POKÓJ NUMER TRZYNAŚCIE

1

Opowiem ci, co mi się śniło.
— Opowiesz... znowu.
— Nie narzekaj, proszę.
— Żyjesz ostatnio snem.
— Snami, świadomymi i nieświadomymi. Koszmarami.
— Nie uważasz, że to do niczego cię nie prowadzi... a może nawet szkodzi?
— Mogę?
— Proszę. Posłucham.

SEN TRZYDZIESTY

— Byłem w dosyć ciemnym pomieszczeniu, niewiele mogłem dostrzec, przypominało słabo oświetlony pokój. Nie było mrocznie, nie bałem się. Było sporo ludzi, młodych. 1 był jakiś ksiądz. Nie pamiętam teraz, kogo przypominał. Mieliśmy się dobrać w pary na zasadzie zabawy w śluby. No i dobrali się jakoś, chłopcy z dziewczynami. 1 zostałem sam i jakiś chłopak. Przystojny. Przez chwilę z uśmiechem, na żarty stwierdziliśmy, że możemy wziąć ten ślub.

— Cieszę się, że to nie kolejny koszmar. Zaczyna się głupkowato.

— Zaczęło się poznawanie, bo każde pary jakby tańczyły blisko siebie lub trzymały się za ręce. Dobre było to, że ta ciemność pomieszczenia zasłaniała innym widok na to, co robiliśmy. Stanąłem blisko niego i jakoś tak wyszło... Zadał chyba pytanie. Stał się inny, zbliżał się, aż w końcu pocałował. Później siedziałem i płakałem, bo przypominałem sobie księdza, u którego służyłem jako ministrant, będąc młodszym. Płakałem tylko dlatego, że zastanawiałem się, czy on by na taki ślub pozwolił. Normalnie chyba bym tak nie zareagował. Ale to sen. Byłem świadomy, że ksiądz, który tę zabawę urządził jest mi bardzo obojętny. Ani mu za to nie dziękuję, ani go nie ganię. To cały sen. Pewnie trwał krócej niż myślę.

— Staram się poukładać sobie to, co usłyszałem. Myślę, że nie każdy jest w stanie zrozumieć to, co dzieje się w drugim człowieku, nawet jeśli zostaje to dokładnie opisane. Nie mogę oceniać. Dziwaczny był ten ślub. 1 taniec i parowanie... i podchody. Wyobrażam sobie ptaki.

Posmutniałem.

— Z podciętymi skrzydłami.

2

Rano wstałem około dziesiątej, zadzwonił Oliwer Micali. Powiedział, że nie może być na najbliższym spotkaniu eXst eXiste. Wyjaśnił pokrótce dlaczego, oznajmił, że muszę przyjąć nowego członka. Odtąd Gregory miał przestać już być „ostatnim przyjętym". Kolejna gwiazda. Sergiusz nie będzie radosny. Ale pojawi się. Jak tylko napisałem do Agamemnona, tak ten wysłał e-mail z krótkim: „Będę". Nową twarzą w stowarzyszeniu miał się stać piosenkarz i skandalista, Daniel Rosser. Jeden z najbardziej rozpoznawalnych ludzi na globie. Wydał dwa studyjne albumy, wszystkie pokryły się platyną w kilku krajach Europy. Zasłynął kilkoma singlami, ale i skandalami.

Ktoś taki miałby znaleźć się w eXst? Słyszałem też, że Oliwer nawiązał kontakt z piłkarzem, najpopularniejszym na wyspach brytyjskich. Chodziłem po swoim małym pokoju apartamentu Aparash Ballar Roance 1. Nie mogłem pozbierać myśli. Pokój numer trzynaście został urządzony dokładnie tak samo jak ten, w którym mieszkałem w okresie młodości, gdy powstawały pierwsze strony mojego sukcesywnego dzieła. Dwa na cztery metry. Podłoga wyłożona była jasnymi panelami. Usiadłem na podłodze oparty o zimną, wyłożoną strukturą, ścianę, a moja lewa ręka spoczywała na łóżku (które stało przy oknie i grzejniku), podobnie jak prawa noga. Dziwnie siedziałem, wiem, jednakże pomimo bólu w okolicach pleców i szyi, nie widziałem siebie w innej pozycji. Pisałem coś na jasnych kartkach.

Odezwał się telefon. Krótki sygnał zwiastujący SMS. Wstałem i odczytałem tylko: „Nie no, bez sensu, wracam do domu". Musiała to być pomyłka, bo i nadawca w tej wiadomości sensu nie widział. Tym razem usiadłem na łóżku, z którego widziałem już cały pokój. Jest naprawdę niewielki. Łóżko zabójczo twarde, ale spałem w innym pomieszczeniu, sali królewskiej.

Zacząłem się zastanawiać, gdzie było mi lepiej, na dole czy na łóżku. Nabrałem podziwu, jak niegdyś je znosiłem?! Obserwowałem wysuniętą myszkę komputera. Był wyłączony. Ekran ciemniejszy niż noc, na nim biała kamerka. Biurko miało dodatkowy panel przypominający przejście dla nowożeńców, czyli dodatkowe półki po bokach monitora i nad nim. A w nich sto pięćdziesiąt opakowań płyt z muzyką. Nad monitorem około jedenaście książek, wiśniowy krem do ciała, dwa dezodoranty — jeden do ciała, drugi do stóp, pomadka ochronna, dezodorant w sztyfcie oraz cała masa ściąg, książeczek. Pod biurkiem zeszyty, notes.

Na biurku jeszcze czerwono-czarny kubek z długopisami, pięć głośników, zszywacz, dozownik do taśmy, pudełko z pinezkami i agrafkami. Na pudełku z płytami czarny portfel, telefon komórkowy leżał zawsze w drugim rzędzie, na płytach. Obok biurka kosz na papiery, ale wrzucałem tam także torebki herbaty (zużyte naturalnie), którą wręcz ubóstwiałem i łupinki słonecznika. Łuskałem go na potęgę. Obok łóżka stoliczek z dokumentami i gazetami, płytami DVD i kasetami VHS, ozdobną filiżanką na dwóch talerzykach, jednym większym od drugiego. Obok ramka ze zdjęciem. Na jednej ze ścian wisiała wielka rama, a w niej kilkadziesiąt zdjęć z dzieciństwa i okresu młodości. Najbliżej drzwi stał wysoki mebel z książkami i obok paluszek, w którym znajdują się ubrania. Oprócz niego mam jeszcze osobną, dwukrotnie większą od tego pokoju, garderobę.

Pozostawiłem sobie swój pokój z mieszkania w brudnym mieście, ponieważ nic we mnie nie umiera. Pamiętam wiele.

3

Nie pozostało mi nic innego, jak zajechać po Sergiusza i udać się prosto na lotnisko w Mirror, aby odebrać nowego członka eXeX. Prasa i paparazzi nie odstępowali go na krok. Jak zatem miał się pojawiać na spotkaniach stowarzyszenia? To pytanie roztrząsał całą trasę Agamemnon. Skupiłem się na drodze i tylko pomrukiwałem. Słońce wisiało nad grubymi chmurami, ale niebo było uroczo błękitne. Było zimno.

LOTNISKO W MIRROR

Odbiór Daniela Rossera z lotniska stał się dla nas wyzwaniem większym, niż przypuszczaliśmy. Już w 1989 roku był popularny. Jego piosenki podbijały serca. Lata dziewięćdziesiąte przyniosły jednak falę okrutnej krytyki, na którą sam się skazał.

Nie było możliwości, by któryś z nas podszedł do tłumu dziennikarzy, paparazzich czy fanów i antyfanów. Gdy tylko podjeżdżaliśmy, musiałem zamknąć szybę samochodu. Wrzask był nie do wytrzymania. Daniel znajdował się w płaszczu splecionym przez ochroniarzy.

Dopiero rano miałem zobaczyć w wiadomościach, co działo się bliżej. Dookoła pełno było skrajnych wyznań, wołań i wyzwisk. Daniel starał się nie tracić uśmiechu z twarzy, choć dolna warga mu drżała.

Słychać było męski głos: „ŚCIĄGAJ KRZYŻ Z SZYI, ANTYCHRYŚCIE! WRACAJ, SKĄD PRZYJECHAŁEŚ!". Kamera nie była spokojna, operator często nagrywał gorący tłum. Różowe twarze ze łzami w oczach, kobietę próbującą wydłubać oczy mężczyźnie, który obraził jej idola. Szturchanie i przepychanki. Wyzwiska.

Przez chwilę Daniel stał. Sparaliżowany bał się ruszyć. Od auta dzieliło go kilkanaście metrów. Policja zaczęła odgarniać tłum siłą. Za chwilę aparaty zaczęły obstrzeliwać Rossera. Zakrył oczy dłońmi. Słyszał strzelające petardy. Taki odgłos wydawały trzy tuziny aparatów. Stał przykuty do ściany ochroniarzy; dnia następnego został rozstrzelany na okładki prasy:

„DZIŚ PRZYLECIAŁ DANIEL ROSSER"

„ROSSER ZAŚPIEWA NA NAJWIĘKSZEJ SCENIE W KRAJU"

„ZAMIESZKI NA LOTNISKU. DANIEL ROSSER POBITY?!"

„SKANDALE RATUJĄCE KARIERĘ PIOSENKA-RZA"

„MAMY TYTUŁ NOWEJ PŁYTY ROSSERA — *LU-CID DREAM*"

„KONTRWERSYJNA GWIAZDA WYGWIZDANA NA LOTNISKU"

„ANTYCHRYST WYLĄDOWAŁ W MIRROR"

Przywitaliśmy nowego i pośpiesznie udaliśmy się do masywnego samochodu.

4

Minęła czwarta godzina na planie. Daniel podszedł do trojga ośmiolatków o rumianych policzkach i spoconych czołach, którzy bawili się w jego nowym klipie i poprosił, aby dzieci uśmiechały się szerzej. Wytłumaczył im, że nowy klip ma być kolorowy i radosny. Dzieciaki chórkiem odparły: „Spierdalaj", bo były przemęczone. Jedna z dziewczynek nadmuchała policzki. Daniel zląkł się i wycofał.

Przygotował reedycję albumu mającą pojawić się w połowie trasy. Dodatkowe CD miało zawierać:

012 I Created POP Machine
013 Futuristic Child
014 Jack The Ripper
015 Shame (Babylon Must Grow Tour — Live From Paris)
016 Babylon Must Grow (Acoustic)
017 Disco Priest (Acoustic)
018 Naked Prince (Acoustic)

Pierwszy koncert w ramach nowej trasy Daniela Rossera odbył się w Paryżu. Na sali, wypełnionej po brzegi, znaleźli się wszyscy członkowie eXst eXiste. Siedzieli oddaleni od siebie. Pojawiło się także sporo gwiazd, aktorów, piosenkarek... Trasa miała promować wydany wiosną 1999 roku album *Lucid Dream*, na którym znalazło się dziesięć piosenek. W tym singiel *Babylon Must Grow* podbił wszystkie listy przebojów. W piosence słychać dudy na wstępie, które ustępują dubstepowi i magnetycznemu głosowi wykonawcy. Parkiety podbił także *I Need Jesus In My Disco*, wypuszczony jako pierwszy singiel promocyjny do klubów. Gregory Axel Yard towarzyszyć miał Danielowi przy nagrywaniu klipu do drugiego singla, *Disco Priest*. Przy promocji krążka przewidziano łącznie pięć singli oficjalnych (do trzech miały powstać klipy), wydanych w *slim case* z trzema utworami oraz w *jewel case*, zawierających większą ilość remiksów, a także dwa single promocyjne rozesłane do DJ-ów i stacji radiowych grających klubową muzykę. Po raz kolejny Daniel Rosser pokazał światu, na co go stać.

Babylon Must Grow otworzyło trasę na moment po spektakularnym wejściu. Kolejną piosenką była *Broken Beat (Explicit)*, agresywny kawałek ze wzmocnionym, przerywanym bitem, podtrzymującym napięcie. Wulgarny tekst, idealny do dyskotek, w których nie liczą się słowa, a taniec. Skrytykowano: „trywialny, mało ambitny tekst", piosenkę określono jako najsłabszą na albumie. Klubowicze jednak ją uwielbiali, podobnie jak Daniel. Promocyjny krążek na aukcjach osiągnął wysokie sumy. Piosenkę rozpoczyna wycie i wołanie o pomoc. Rosser jest doskonałym aktorem. Piosenka chciałaby za coś przeprosić, chciałaby coś powiedzieć, ale nie wie jak. Chciałaby skłamać i wynagrodzić zadaną krzywdę, ponieważ złamała najlepszy dyskotekowy beat. „Chcę pieprzyć wszystkie dźwięki". W piosence autor śpiewał także o tym, że ludzie zamiast dać im się ponieść, zastanawiają się nad tekstami. Podkreśla, że ta piosenka nie da nic poza beztroską zabawą.

Prawdziwą burzę wywołał utwór *Disco Priest*. W prasie pojawiły się informacje, że będzie kolejnym singlem. Szybko wyskoczyły także zdjęcia z planu teledysku. Popowy kawałek nawołujący do tańca bez ograniczeń i wstydu. Artysta występuje w roli księdza, zamkniętego w kościelnych murach. Na scenie

przebrany był za papieża. Powtarza kilkakrotnie słowo „tańcz", rozkazując słuchającym bawić się z nim.
Śmieje się z tych, którym widok księdza przeszkadza.
Piosenka jakby stworzona wprost na parkiet, jakby
na parkiecie spłodzona. O dzikim i radosnym charakterze. Młody ksiądz zauważa, że wystarczy zdjąć
koloratkę i wpłynąć w tłum roztańczonych i mokrych
ludzi, którzy dopiero co opuścili konfesjonał. Lekki
bit, śpiew niosący, płynący. Daniel, choć zaprasza do
wspólnej zabawy, ma na uwadze konsekwencje.

Słońce rozpruwa mgły sukienkę
Goła rozlatuje się.

5

Któregoś dnia leżałem pijany koło kominka w jednym
z salonów. Nie miałem pojęcia, jaka pogoda panowała na zewnątrz. Budziłem się. Zauważyłem rozbity
szklany stolik. Moja willa przemieniała się w śmietnik.
Pod kanapą i za nią rozsypana była ziemia z wielkiej
donicy, pięknego drzewka bonsai. Miałem ziemię
na wyciągnięcie ręki. A w niej znajdowała się wielka
larwa. Patrzyłem tak na nią przez chwilę, po czym zastanowiłem się. Była obleśna. Z pewnością będę o niej
myślał każdej nocy, czy nie pełźnie po schodkach do
mojej sypialni, by przepłynąć mi po twarzy i wleźć
do ust, gdy będę głośno chrapał. Zostawię cię, tylko

nie próbuj sztuczek! Patrzyłem jeszcze, jak larwa się wije.

Larwa musiała być przy nadziei. Czas nie ma znaczenia... Wkrótce na ziemi pojawiło się więcej larw. Okrutnie białych, paskudnych robali. Oglądałem je zawsze zamroczony. Zawsze pijany. Kolejnego dnia w ogrodzie znalazłem martwego kruka. Postanowiłem zanieść go larwom. Przykryłem je krukiem, podmiotłem ziemię, a dwa dni potem całość i wyrzuciłem za ogrodzenie willi. Przerażał mnie widok larw, jaki roztaczał się każdej nocy w wyobraźni. Spałem z przykrytymi nogami, z kołderką, jedwabną tarczą.

I bałem się każdego dnia. Każdego dnia lękałem się czegoś innego. Coraz mocniej.

Z NOTATEK DANIELA ROSSERA:

Spośród nielicznego grona, które wtedy mogło spotkać się z Tristanem Roance'em, najszczęśliwszą osobą była pani Frome. To ona znalazła się w odpowiednim czasie i miejscu. Mimo pięćdziesięciu pięciu lat podkochiwała się w tym gówniarzu, który odniósł światowy sukces. Przyszła podpisać swój egzemplarz *A house without an address*, wyszła z egzemplarzem, na którego pierwszej wakatowej stronie sam autor się spuścił. Rumieniec zalał twarz kobiety, była w siódmym niebie. I choć zdawała sobie sprawę z tego, że jej platoniczna miłość nie zostanie spełniona, raz po raz w wieczorne pory obwąchiwała dwie żółciutkie i pofalowane lekko stronice. Taka była szczęśliwa. I nie w głowie jej były skandale, że zaszła w ciążę z książką Roance'a. Po cóż niepokoić i drażnić swą gwiazdę, która dała jej tak wiele.

Tristan słynął z zachowania odbiegającego od normy. Był pisarzem, jednak nie takim, jakiego znamy ze spotkań w biblioteczkach czy księgarniach, mniejszych bądź większych.

Nie.

Tristan Roance miał dwa wielkie spotkania z fanami. Potem z tego typu zbliżeń zrezygnował. Paparazzich miał na karku każdego dnia. Byli jak muchy, do których on, byk, przywyknął i pozwalał im od czasu do czas kręcić się przy swoim bydlęcym dupsku. Czasem machnął ogonem. A aparat czy dyktafon lądował z trzaskiem na chodniku, asfalcie, twarzy paparazzi. Był kimś wyjątkowym. Miał sekret.

eXst eXiste.

Tajemniczość ta pełzła za nim, sypała się przed nim i unosiła się wokoło. Czuć było jej intensywny smród. Ten chłopak coś ukrywał i nikt nie mógł wyśledzić co. Nikt, poza Realitami, ludźmi Oliwera Micalego i jego trzeciej grupy stowarzyszenia mieszczącego się pod Loley, którego przejścia tak tajemnicze, jak umysł Tristana, wlekły się w ciemności podziemi aż od Villon Pray.

DROGI

ROZDZIAŁ CZTERNASTY

⦿

NAGI KSIĄŻĘ

W moim życiu pojawiły się nowe, pesymistyczne przestrzenie. Poruszałem się w nich niezwykle swobodnie. Jak radość turlająca się w żyletkach. Inni niespecjalnie potrafią to zrozumieć. Czytałem Houellebecqa kilkanaście razy. *Poszerzenie...* znałem prawie na pamięć.

1

Książęce fantazje we mgle.

Zimno, które przyszło z mgłą, pieściło policzki Gregory'ego. Poruszał się powoli pomiędzy drzewami rosnącymi przy jeziorze. Mgła była wyjątkowo gęsta, miała kolor męskiego nasienia. Podobnie pachniała. Jezioro było spokojne, od czasu do czasu jakaś zmarszczka, pchnięta wietrzykiem z północy, zaburzała jego powierzchnię. Chłopak cieszył się z pięknej pogody i cudownych kolorów, z których czerpał inspiracje.

Przez chwilę do głowy przyszedł mu pomysł, który tylko go zawstydził. Był sam pośród drzew, nie było nawet rybaków. Szedł dalej, zostawiając niegrzeczne myśli narratora nad brzegiem.

Gregory i ta jego mleczna skóra, niezmiennej czystości, bez skazy. Był średniego wzrostu, ani za wysoki, ani za niski. Nie był ani gruby, ani chuderlawy, był idealny. Skóra białorumiana. Włosów nie miał kędzierzawych ani ognistych, były jasne. Mieniły się, mocne, choć niezbyt wielkie. Miał cudną twarz, na pierwszy rzut oka miłą, podłużną, czoło nieszerokie, gładkie. Oczy jasne, źrenica czarna, bardzo jasna; brwi czarne, niezbyt gęste. Nos prosty i niewielki. Policzki jak róża i mleko. Usta miłe, rozkoszne i słodkie. Duże, mężne czerwone wargi, a zęby białe, proste i równe, czyste. Szyja jego była biała, nieotyła ani nie sucha. Ręce gołe, palce krzywe, szlachetne, gładkie i długie[2].

Od góry, po sam dół, ciało zbudowane boską mądrością.

Gregory zjawił się na planie teledysku Daniela. Klip był najdroższym przedsięwzięciem roku. Daniel wykorzystał fakt, że dwóch jego dobrych znajomych od efektów specjalnych ze Stanów odwiedziło kraj w tym tygodniu. Gregory usiadł w poczekalni teatru, gdzie

---

[2] Fragment opisujący wygląd Gregory'ego powstał w oparciu o *Kazania o Maryi Pannie Czystej*, staropolski tekst z początku XVI wieku zawierający elementy apokryficzne, oddający urok Matki Boskiej.

miały rozpocząć się zdjęcia do klipu. Był przekonany, że słynny Rosser wymyślił coś na wielkiej scenie teatru. Wynajął jednak jedno, średnich rozmiarów pomieszczenie, którego ściany były rażąco białe. Nie miało ono sufitu. Siedząc, zaczął skrobać coś w notesie, aby móc zabrać się w przyszłym tygodniu do pisania zleconej mu przez Tristana pracy. Na kolejnym spotkaniu miał się pojawić także Oliwer.

— Witaj, kolego — przywitał go Daniel Rosser trochę z przesadną czułością. Wokół niego było z tuzin ludzi. On wyglądał całkiem normalnie. Miał na głowie bejsbolówkę i ciemne okulary. Był jednak naturalny, nie robił min, niczego nie udawał. To właśnie fascynowało Gregory'ego. Podziwiał Daniela za jego klipy, występy sceniczne i miłość do tworzenia muzyki.

— Jak się czujesz? — spytał Gregory.

— Świetnie, tym bardziej że dziś rozpoczynamy i kończymy pracę nad pierwszym klipem promującym nowy album.

Niektórzy spojrzeli po sobie. Wiedzieli, że czeka ich kilkanaście godzin nieustannej pracy. Rosser był perfekcjonistą. Zaplanował, aby jeden zaledwie dzień poświęcić na ten potężny projekt.

— Mamy trochę do zrobienia. Zaraz ci wszystko opowiem. Sprowadziłem kilkoro znajomych, którzy uczynią ten klip najlepszym w tej dekadzie.

— Z chęcią więc to zobaczę.

Przeszli przez zagracone korytarze i weszli do wyznaczonego dla nich pomieszczenia z widokiem na szatnie, w których teraz pełno było młodych modeli i modelek w bieliźnie.

— Widzę, że szykuje się erotycznie — zauważył Gregory.

— Owszem. Jednak chcemy dodać do erotyki trochę strachu... dlatego czas zacząć. Gdzie są księżniczki od makijażu? Bierzemy się!

Gregory miał stać z boku, odwrócił notes na drugą stronę i zaczął notować. Towarzyszył im także fotograf Daniela. Piosenka, która pojawiła się w stacjach radiowych pod koniec zeszłego miesiąca, utrzymywała się nadal na pozycji pierwszej. Daniel czytał spokojnie scenariusz klipu, a jego makijażystka przygotowywała lekki blady podkład. Chciał również, aby specjaliści podkolorowali klip w komputerach w ten sposób, aby przypominał zamglony, nawet lekko zielonkawy.

— Chodzi o to, aby zszokować kilkoma obrazami, które na trwałe staną się wielkimi i rozpoznawalnymi. Na początku chcemy pokazać tę uroczą białą salkę, do której wejdą nasze śliczne modelki. Będą miały króciutkie, lekkie futerka na sobie i jeansowe mini, czyli to, co zlecili nam ludzie z wytwórni. Nie miałem potrzeby się sprzeciwiać. Na koniec jednak pojawią się modele, którzy będą całkiem nadzy. Pierwszych ustawimy pod ścianą, stworzą jakby mur, reszta będzie siedzieć i leżeć do połowy sali. Chodzi o to, by tworzyli coś w rodzaju cielesnego dywanu nachodzącego na ścianę. Muszą być ściśnięci, ponieważ po białej ścianie spłynie czerwony płyn, będzie on spływał po pierwszych modelach i rozlewał się po kolejnych. To trudna scena. Trzeba zachować cierpliwość, trzeba też regulować oddech. Właściwie, to jak będzie to rozlewane? Zmontuje się film i przyspieszy tę scenę. Będzie ona przerywana innymi. Dziewczęta natomiast będą najbardziej zjawiskowym dla mnie tronem. Nie będą całkiem nagie, bo umazane już wówczas czerwoną farbą, ja będę cały blady. Postaramy się, aby specjaliści dodatkowo wybielili skórę. Zastanawialiśmy się, czy nie dodać czasem żył prześwitujących przez moją skórę. Scena ze stołem. Omówmy ją raz jeszcze...

— Wybacz, że przerwę — powiedział Gregory. — Ale kiedy ty się pojawisz?

— Och, przyjacielu. Sobie ufam. Muszę zadbać, czy wszyscy dookoła mnie zrozumieli. Więc mamy tron. Dziewczęta... nie martwcie się, nie jestem ciężki. Pojawia się piękny stół, stary, drewniany... zjawiskowy. Wydałem na niego sporo kasy. Rozleję na nim białą farbę. Potem, kiedy farba wyschnie, pojawi się kolejna modelka, która przejdzie po stole. Wtedy śmigłowiec... to znaczy migające obrazy... stół i ciemność, stół i ciemność... i tak dalej przez kilka sekund, to w momencie przejścia w piosence. Cała reszta według scenariusza. Wszystko będzie przeze mnie nadzorowane do ostatniej sekundy. Proszę zawołać reżysera.

Na planie klipu spędzili ponad dziewiętnaście godzin. Nazajutrz prasa brukowa miała publikować na okładkach zdjęcia z planu teledysku.

2

— MOGĘ ROBIĆ, CO TYLKO ZECHCĘ! — zagrzmiał Oliwer, był w fatalnym stanie. Z promiennej twarzy zniknął serdeczny uśmiech. Piegi nawet jakby poszarzały. — NIE CHCIAŁBYM PRZYPOMINAĆ, ALE TO JA MAM NA GŁOWIE ΔDQ, eXst, MORDERSTWO PRZYJACIELA I BANDĘ NAPUSZONYCH GWIAZD, DO KTÓRYCH NIC NIE DOCIERA. DLATEGO DAJCIE MI SPOKÓJ!

— Nie ma cię wśród nas — odezwał się Marco.

— ...na dodatek mój brat — ściszył głos Oliwer, jednak mówił bardziej do siebie.

— Oliwer, nie baw się w detektywa! Policja zajmuje się szukaniem winnego... — zauważył Agamemnon.

— Policja może wszcząć śledztwo, jak przy kradzieży torebki, za dwa tygodnie je zamknąć. Tutaj chodzi o coś większego...

— O co?

— Czy ty naprawdę tego nie rozumiesz?! Czy wy tego nie widzicie?

— Wybacz, że ci przerwę — odezwałem się w końcu. — Rozumiem, co chcesz nam powiedzieć.

— Więc? — zapytał zaciekawiony i zmęczony całą tą sytuacją Marco.

— Oliwer jest przekonany, że morderstwo spod domu pani Inès to sygnał, że ktoś poluje na... niego.

Drzwi otworzyły się nagle. Pojawił się pracownik z działu komunikacji ΔDQ.

— Szefie, mam dla pana wiadomość.

— Czy nie poinformowano kadr, że nie mam ochoty słuchać dziś ich problemów.

— Poinformowano, szefie, ale to nie są sprawy ΔDQ. Chodzi o pańskiego znajomego, jak sądzę.

— Słucham zatem. Kolejna osoba, która chce mnie wytrącić z równowagi.

— Mów, a ty się uspokój! — powiedział stanowczo Agamemnon.

— Otrzymaliśmy e-mail, że Julian Bert nie żyje.

Zapadła chwila ciszy, pracownik wycofał się, a białe drzwi zamknęły się za nim. Do pomieszczenia wlała się ciemność niesiona przez deszczowe chmury, które zawisły nad miastem.

— eXst eXiste zostaje zawieszone — odparł krótko Oliwer.

— Czy sądzisz, że to ma związek z nami? Nawet nie wiemy, co się stało...

— To wszystko. Wynoście się stąd.

— Chyba żartujesz. Jesteśmy z tobą i...

— eXst eXiste zostaje rozwiązane. — Wzrok Oliwera błądził, głos mu się łamał. — Wyjdziecie sami, czy może chcecie, aby ochrona was odprowadziła?

Bałem się. Tak samo, jak zapewne Oliwer się bał. Nie o życie, a o tajemnicę eXst eXiste. Po rozwiązaniu stowarzyszenia członkowie za nic mogą mieć zasady, mogą zacząć opowiadać innym... wszystko zaczęło się komplikować. Oliwer miał teraz na głowie kolejny ciężar. Wyszliśmy, nie widzieliśmy sensu dyskusji. Nazajutrz pewnie przemyśli wszystko i zwoła zebranie. Tak się jednak nie stało. Wieczorem następnego dnia każdy członek otrzymał krótki e-mail. Zaczęły się telefony. Wielu z nas nie kryło oburzenia. Wcale im się nie dziwię. Wielu także uważało, że to tylko kwestia czasu, kiedy eXst zostanie zamknięte. Trzy dni później wszystkich zaskoczył kolejny e-mail. Oliwer napisał w nim, że eXst eXiste czeka okres podobny do zimowego, kiedy to wylatuje do Nowego Jorku. Oliwer przywrócił eXst do życia. Pytanie tylko dlaczego? Nie uzyskaliśmy tej odpowiedzi. Nie pojawiał się w ΔDQ. Prawdopodobnie wyjechał, nie sądzę jednak, by do Stanów. Czy naprawdę próbował rozwiązać sekret tych wypadków? A może siedział w Loley pogrążony w myślach, odcięty od świata, który go przerastał.

Oliwer zabronił organizacji spotkań czy schadzek w siedzibie. Kazał nam czekać na swoje kolejne polecenie. Tak... zdałem sobie sprawę z tego, że mogę spokojnie powrócić do naszego klubu.

Młody Julian Bert został znaleziony w swoim niewielkim mieszkaniu na przedmieściu. Leżał w łóżku, jakby kładł się spać. Spokój jednak tej śmierci zakłócały litry krwi młodego Berta wokół ciała. Jak zginął, tego nie wiedzieliśmy. Będę go wspominał ciepło. Był najmłodszym członkiem eXst. Pod wieczór spotkałem się z Agamemnonem i Markiem. Pojawił się także Gregory.

— Jestem w szoku. To, co się dzieje... Staram się zrozumieć Oliwera, ponieważ on... myślę, że chce nas chronić. Jak jednak stało się, że ktoś śledzi osoby znane Oliwerowi?

— Myślicie, że to ktoś z eXst?

— To absurd — odparłem krótko. — Cieszmy się, że większość z członków potrafi samodzielnie sznurować buty, służba przyczyniła się do tego, by nauczyć paniczów takich sztuczek. Kto z nich szarpnąłby się na czyjeś życie. Poza tym, nie wszyscy przecież widzieli, jak wygląda współpracownik Oliwera.

— Może młody Julian popełnił samobójstwo i to faktycznie...

— CO? Zbieg okoliczności. Błagam cię.

— Staram się spokojnie myśleć. Świat nie ma pojęcia, że się znamy. Nikt nie łączy nas ze sobą. Co za tym idzie, śmierć jednego nie oznacza dla ludzi śmierci drugiego. Tym bardziej, że nie zginęli w ten sam sposób. Nic nie wskazuje nawet na to, żeby zamordował ich ten sam człowiek.

— Czy z łaski swojej możesz już nie gdybać? Oliwer Micali, nasz przyjaciel i Główny...

— Ma nas gdzieś... Tak, zdążyłem zauważyć.

— Potrzebuje nas!

— Nie! Ma nas gdzieś po prostu. Zauważ to w końcu. Odezwało się w nim oblicze króla, który jednak sobie z niczym nie radzi. A dlaczego? Ponieważ odtrąca nas! — Sądzisz, że chciałby słuchać naszych: „wiemy, co przeżywasz"? Dajmy mu spokój. To silny człowiek. Nie zrobi sobie krzywdy. Musimy być cierpliwi, czekać na to, co postanowi i...

— Po chwilach słabości przyjąć go z otwartymi rękoma?

— Dokładnie.

— Dokładnie — powtórzył za mną cicho Gregory. — Jesteście jego przyjaciółmi. Musicie to okazać. Człowiek ma chwile, gdy potrafi powiedzieć drugiemu nieprzyjemne słowa, czasem chce się od drugiego odciąć, skreślić... ale kiedy zostaje sam, jest jeszcze gorzej. Tym bardziej, że chciałby wszystko naprawić, ale żyje w przekonaniu, że został już skreślony i nie ma po co wracać.

Widok słońca, które zachodzi nad morzem, nie zawsze jest imponujący. Nawet latem. Potrzeba chmur, to one właśnie odgrywają kluczową rolę w zachwycaniu ludzi tym zjawiskiem. Im dziwniejsze przybierają kształty, im więcej ich rodzajów, tym większe pole do popisu dla promieni. Te pragną przedrzeć wszystko, przebić się przez każdy możliwy zakamarek. Tego wieczora zachód był piękny. Villon Pray, choć bardziej położone jest w polach i lasach, sięga klifowego wybrzeża. Gregory rzadko chadzał na spacery w tamte rejony. Rzadko też odwiedzał jakąkolwiek plażę. Dbał o swoją perłową skórę, przez którą prześwitywały błękitne żyły. Stara willa przy Villon Pray 13 była idealnym miejscem chroniącym przed słońcem. Ukryta między parkiem a jeziorem Pray stanowiła odpowiednio mroczny i chłodny obszar.

Julian Bert stracił życie. To było faktem. Oliwer postanowił wziąć tę sprawę we własne ręce, mimo iż miał na głowie kilka innych. Wyjaśnił im, że ma to dla eXst eXiste niezwykłe znaczenie. Zaprosił Gregory'ego, Tristana, Sergiusza Agamemnona oraz Marca do swojej willi w Loley. Jej widok zaskoczył Gregory'ego, bardziej niż się tego spodziewał. Był przekonany, że willa przy Villon Pray 13 jest miejscem budzącym grozę. Cała posiadłość Oliwera Micalego znajdowała się w lesie, który ciągnął się aż do wioski Yarda. Otoczona była wysokim, szarym murem. Sama willa jednak była jedną z najbardziej imponujących budowli w tym rejonie. Jej ściany ozdobione były czarną, matową cegłą.

Wejście znajdowało się w centrum budynku, w wysuniętej z willi strzelistej wieży. Trawnik był elegancko skoszony, choć nie było tam żadnych drzew, może dlatego, że rosły poza murami. Oliwer był imponującym człowiekiem. Przekonał się o tym Gregory, jak i każdy inny wcześniej, gdy tylko zobaczył, z jaką dbałością o szczegóły zostały zaprojektowane i wykonane tak ważne dla Oliwera elementy jak biuro, kuchnia i wspaniała biblioteczka domowa. Znajdowała się ona w wieży stojącej po drugiej stronie domu, od strony wjazdowej nie była zauważalna, bo zasłonięta tą wejściową. Wieża biblioteki była stosunkowo niska. Wejście znajdowało się w domu, który wyglądał jak futurystyczna twierdza z klasycznymi elementami. Oliwer nie wyjaśnił, czemu oddał hołd, projektując taki właśnie dom.

Gdy Gregory wszedł do biblioteczki, zauważył, że jak na wieżę przystało, ściany były zaokrąglone, jakby znalazł się w centrum walca. Na podłodze znajdowały się ciemne grube panele, na których przy ścianach ustawiono szerokie regały. Szersza była sama wieża. Imponujący był jednak pewien efekt. Choć była to niska konstrukcja, oświetlona została prawie że przy samej podłodze, a regały ciągnące się wysoko, po sam sufit wieży, ginęły w mroku. Wyglądało to, jakby biblioteczka była wyższa niż w rzeczywistości. Półki zapełnione były księgami różnej grubości, z czego każda znajdowała się w identycznej skóropodobnej okładce barwionej w kolorze czarnym.

Oliwer zaprosił ich do jednego z salonów. Białe ściany, dwa wielkie telewizory, stół i dwanaście krzeseł. Jasne pomieszczenie z kilkoma kwadratowymi kloszami na ścianach. Wydawało się być bardzo spokojnie. Oliwer musiał to cenić. Ani razu nie natknęli się na służbę. Być może dzisiejszy dzień był bardziej wyjątkowy, bez wątpienia bardziej nerwowy, dlatego jego pracownicy zostali poinformowani, by nie wchodzić mu w drogę.

— Dowiedziałem się, w jaki sposób zginął nasz młody Bert. Został zabity.

— Tego nam brakowało — głos Marco się załamał.

— Teraz stowarzyszenie jest zagrożone.

— Niekoniecznie — odparł Oliwer. — Muszę wam przybliżyć, w jaki sposób nasz kolega zmarł. I wówczas zrozumiecie, że był to wynik nieszczęśliwego wypadku.

Wszyscy byliśmy bardzo ciekawi, co się wydarzyło. Odetchnąłem nieco z ulgą, słysząc, że nie ma to związku z morderstwem współpracownika Oliwera. Możliwe jest, że dlatego Micali wziął się za tę sprawę. W końcu mógł opowiedzieć nam konkretnie, co się stało. Musiałem go jednak sprowadzić na ziemię. Wszyscy wiemy, jak bardzo chciał wyjaśnić sprawę Sturptyfloe.

— Oliwerze, wiesz, że to dziwne. Wiesz, że musimy się zmierzyć z najbardziej krwawym jak dotąd okresem w naszych małych, tajnych dziejach eXst eXiste. Pragnę ci przypomnieć, że stowarzyszenie działało w czasie powojennym i nie miało takich problemów jak dziś.

— Tristanie, pamiętam. Wiem o stowarzyszeniu tyle, ile zdołano mi opowiedzieć. Nie chcesz, bym się narażał, wystawiał. Ale to naprawdę był wypadek.

— Więc mów już, kto nieszczęśliwie zabił młodego Juliana? — wtrącił Agamemnon.

— Julian został zagryziony przez swoją dziewczynę.

Zapadło milczenie. Sprawił nam nie lada męki. Każdy z nas, jak sądzę, wybuchnąłby śmiechem. Do śmiechu jednak nikomu nie było, gdy wyjaśnił dalej:

— Julian Bert wraz z swoją dziewczyną zażyli sporo MDMA. Narkotyk otrzymali od naszego członka Batty'ego. Oczywiście to Julek się o to postarał, jego ukochana nie wiedziała o kontaktach z Battym. To chyba oczywiste. Fanka fantastyki literackiej pod wpływem halucynacji czuła, jak zeznała potem, że zamienia się w wilkołaka. Ugryzła Juliana w szyję, ponieważ leżący na podłodze słaby dziewiętnastolatek wydał jej się bestią, która zbliżała się do niej i chciała zaatakować.

— Likantropia — powiedział Gregory. — Urojone wilkołactwo. Znane od wieków, dajmy na to przykład siedemnastowiecznego Greniera, pasterza...

— Tak. Urojone. Dziewczyna znajduje się w więzieniu, jednak zanim zjawiła się policja... postanowiłem przestrzelić szyję Juliana bronią.

— CO? — Chyba nie byłem jedynym, który wypowiedział to z oburzeniem i niedowierzaniem.

— Julian Bert wykrwawił się na śmierć. W jego pokoju znalazł go jego Przewodnik, Evan. Dziewczyna, która go ugryzła, spała w kałuży krwi. Wtedy dostałem od Evana Wansa telefon. Jak wiecie, byłem wówczas z Tristanem i Inès w ΔDQ. Wróciłem, jak najszybciej mogłem do Loley, udałem się do Mirror, gdzie mieszkał Julian i chcąc ratować ich człowieczeństwo, zdecydowałem z Evanem zamienić „wilkołaka" w zwykłego mordercę.

— Jest w tym coś... dobrego — zdołał tylko to wykrztusić Agamemnon.

— To najlepszy krok, jaki mogłeś postawić na drodze ku chwale nowego eXst eXiste. — Naprawdę byłem zadowolony z przyjaciela. — Co na to dziadek?

— Zszokowany, ale ostatecznie pochwalił. Panowie! Uratowałem dwójkę ludzi przed skandalem. Media mówiłyby o tym przez tygodnie. Julek był najmłodszym członkiem eXst. Także jego rodzina nie powinna wiedzieć, że został zagryziony przez NAĆPANĄ dziewczynę.

Zapadała cisza. Trwała chwilę.

— Problem tkwi w tym, że ani Julek, ani jego dziewczyna, którą znałem z widzenia, nie byli narkomanami. Musieli bardzo chcieć się... zabawić. Według zasad eXeX nie mam prawa zabraniać wam, świadomym ludziom, spożywać tego, co z pewnością urozmaica wam noce w klubie R, gdy przebywam w Nowym Jorku. Mam nadzieję, że wiecie już co świeży, nowy i nieznany towar potrafi. Pragnę jednak prosić o pomoc, bo nie wiem, jak rozmawiać z Battym. Nie mówiłem z nim o tym.

— Są trzy wyjścia — zaczął Agamemnon. — Wywalić z eXst, zamordować lub nie zrobić nic. Jako że śmierć krąży koło nas i nie daje o sobie zapomnieć, a także jest zakazana w stowarzyszeniu, zostają dwie możliwości.

— Myślę — powiedziałem — że Brian Batty przeżywa męczarnie. Nie jest dilerem. Załatwiał to wszystko, ale dostawał to. Sądzę, że eXst powinno się nim zająć i nie opuścić w takiej chwili.

— Zgadzam się z tobą, przyjacielu. eXst eXiste musi odczuć piętno tego, co się wydarzyło. Postanowiłem zainwestować dla nas w oznakę specjalną. Tatuaż z literami eXeX. Rozmawiałem ze znajomym. Będzie to dobrowolny gest. Każdy może zrezygnować z jego wykonania. Wraz z tuszem zostanie wprowadzona substancja, która w połączeniu z narkotykiem zabije.

— Szukam w głowie odpowiedniej zasady... — przerwał Agamemnon. — To trochę niesprawiedliwe, prawda?

— Słyszałeś, tatuaż będzie dobrowolny.

— Przecież to oczywiste, że każdy go wykona!

— A więc każdy będzie chroniony. To ćwiczenie woli. To także kontrowersyjne posunięcie, choć pierwsze tak poważne dla mnie jako Głównego Przewodniczącego. Mam nadzieję, że ofiar nie będzie. Jeśli będą, to na własne życzenie...

— A wiemy, że w życiu mamy kierować się rozumem. To wyznacznik Reality. Wspaniały pomysł. Bez używek człowiek ma więcej czasu na myślenie.

— Dlatego mnie także zaprosiłeś? — odezwał się w końcu Gregory. — Nie wykonam tego.

— Twoje sesje zdjęciowe odbywają się z udziałem znanych grafików, myślę, że usunięcie tatuażu to nie problem. Osoba taka jak ty, nie musi się nikomu tłumaczyć, co oznacza tatuaż.

— Moje ciało nie zostanie skaleczone i ubrudzone. Nigdy nie brałem jakiegokolwiek narkotyku... mam z tym raczej nieprzyjemne wspomnienia.

— Dlatego właśnie postanowiłem, by był to wybór. I choć każdy, kto do tej pory potrzebował tych substancji, zgodził się na tatuaż, niektórzy w eXst nigdy nie brali. W zasadzie to oni mają wybór.

Oliwer uśmiechnął się jak słońce po deszczowym popołudniu.

— Chodźmy na basen. Przyda się ochłoda. Potem wracam do Walii.

— A co ze stowarzyszeniem?

— Tristan zawsze waleczny, gdy chodzi o eXst. Wracam na kilka dni poobserwować firmę dziadka. Ustalimy termin spotkania w wodzie.

— Wracam do siebie. Mam spotkanie w wydawnictwie. — Gregory wstał i udał się w kierunku czekającego na niego samochodu.

Ja także wróciłem do siebie. Nocą zamknięty w pokoju numer trzynaście dusiłem łzy. Niesprawiedliwie uśmiercony. Nie byłem w stanie powstrzymać ataku płaczu, zacząłem się dusić. Nie mogłem złapać powietrza, wychylałem się po nie, jakbym tonął, pogrążony w żalu. Wbiegł ktoś z moich ludzi. Uspokajał mnie, przykładał do twarzy mokry, zimny ręcznik. Wezwano pogotowie. Głowa piekła... jak gdyby wrzątek rozlewał mi się promieniście wokół jej tylnej części.

3

Kiedy wszedłem, tym samym co zawsze, stanowczym krokiem do klubu R, mrok zaczęły rozcinać kolorowe lasery. Tylko zagarnąłem kosmyk swoich brązowych włosów i z satysfakcją wszedłem w gorący tłum ludzi. DJ puścił pierwszy singiel Daniela Rossera, a tłum zawył:

— *Dam ci z ust płynące siły.*
Tańcz po ciele, tańcz językiem!

Po chwili dwie dziewczyny w ciasnych miniówkach i skąpych koszuleczkach, przez które widać było brodawki, podeszły do mnie i zaczęły tańczyć. Podobało mi się to. Ta noc miała zakończyć się w toalecie... Wymiotowałem.

Myślałem, że ten taniec będzie czymś wyjątkowym, zdawało mi się, że poniosą mnie rytmy i rozładuję całą swą energię. Ale czoło marszczy się. Wokoło deszcz i pełno łez... Nie ma ciebie. Tańczę sam. Siadłaś w kącie, zewsząd żal...

ogarnia

mnie

ten

chłód.

Chciałbym przy tobie mówić, że kocham. Patrzeć ci w oczy, nie widzieć zmartwień. Szukać radości, karmić tobą pragnienia moje. Ty siedzisz w kącie. Wciąż płaczesz. Ja tańczę sam tego wieczoru.

— Co ci się stało? — jakiś głos wydobył się spomiędzy świateł i piosenki, której dziś nie pamiętam.

— Mnie? Co? Nic się nie stało.

— Ludzi nie poznajesz?

Mgła wylatująca od DJ-a rozcieńczyła się w ciałach tańczących i pijanych imprezowiczów. Stał obok mnie Julian Bert. Uśmiechał się i mówił do mnie. Miałem ochotę tylko zwymiotować. Jeszcze nie widziałem go tak radosnego, pewnie miał przyjemną noc ze swoją dziewczyną. Pewnie zabawiali się, a potem wpadł na piwo do R. Ktoś mną trząsł. Na pewno nie był to Julian. Nie żył przecież.

Świadomość wejścia na drogę bez możliwości powrotu.

Postanowiłem wejść. Tam, gdzie nikt inny wejść nie może. Wchodzę w *Umysł...* depcząc po *Krwi*. Widzę drzwi... wchodzę w *Sny*. Bez odwrotu. Bez powrotów... chmara kruków, wokół mgła... nadchodzę. Chwyciłem za białą kartkę i czerwoną kredką napisałem: „B. A.".[3]

4

Die Welt will betrogen sein[4].

Sebastian Brant[5]

Ze mną i statek głupców rozbiłby się podczas swego dziewiczego rejsu o pierwszą górę lodową. Oszukano mnie, świat się oszukuje. Ponieważ rozpaczliwie chce być oszukiwany[6]. Płynę przed siebie, wędruję. I jestem statkiem głupców i głupcem jestem. Dryfuję stale. Elita zamknięta na oceanie szuka oczyszczenia

---

[3] Esencja *Krwawego umysłu*, zapowiedź dwu kolejnych części.

[4] *Świat chce być oszukiwany*.

[5] Autor *Das Narrenschiff* (*Okręt błaznów*), satyryk i humanista niemiecki.

[6] Nawiązanie do motta *Świat chce być oszukiwany* pochodzącego z *Okrętu błaznów* Branta.

i odpowiedzi. Poza elitą wchodzi się (nie ma swobody pływania) w normalność, która mnie obrzydza. Zanurzać się pragnę w lodowatej wodzie, nurkować głębiej i głębiej, mając nadzieję, że uda się wypłynąć i powrócić na pokład. Czy uda? Pytam siebie, czy szkodniki można wypuścić w rejs.

Wszyscy pragniemy dobrego świata. Czekamy na oczyszczenie. Dajmy się ponieść falom. Lecz... jeśli na statkach nie będzie tyle miejsca? Jeśli na morzach i oceanach nie znajdziemy miejsca dla głupców? Szkodników tego świata. Wodorosty.

Płyniemy do krainy lenistwa. Tam chcemy pozbyć się zmartwień, zażegnać głód, pragnienie. By dotrzeć do Land of Cocaigne[7] potrzeba szaleństwa, czystego, przezroczystego szału, co pomaga rozłożyć myśli jak robactwo ciało. Głupi dociera dalej. My współczujemy głupcom, ich świata, ich podróży. Ale zapominamy, że to odrobina głupoty i szaleństwo przyjaciółkami ambicji pozostają.

Nowe Cockayne[8] to miejsce wiecznej rozkoszy, gdzie każdy najmniejszy członek ciała płacze i drży z radości osiągania najsilniejszego podniecenia. Tam ciastko z dziurką, tam lizaczki białe z czerwonymi paseczkami, tam każda potrawa smakuje wyjątkowo. Skosztowałem owoców. Sok z bananów penetrują-

---

[7] Anglojęzyczne określenie krainy obfitości, znanej także pod nazwami Kokania, Szlarafia.

[8] Inne angielskojęzyczne określenie krainy obfitości.

cych, wyjątkowo w stanie ciekłym, moje gardło. Nowe Cockayne to miejsce marzenie każdego wariata. Tam stada leniwych nimfomanek i leniwców wiją gniazda snu i seksualnych igraszek.

Wszystkim trzeba by wykonać lobotomię (może mi w szczególności). Obrócić mieszadełkami w gałce ocznej, jak w koktajlu, tylko wewnątrz mózgu. Potrzeba nam Wolnego Pana[9], który gładzi grzechy świata.

Mogę być wszystkim. Jestem tego pewien. Nie wiem jednak, co widzę w lustrze. Na pewno nigdy nie spostrzegłem tej samej twarzy. Nigdy tak samo szczęśliwej czy zapłakanej. Lustro jest człowiekowi wrogie.

Pod żadnym pozorem nie wolno człowiekowi czynić krzywdy. JESTEŚMY ŹLI. Stale musimy się powstrzymywać.

---

[9] Aluzja do postaci Waltera J. Freemana, który dokonał tysięcy zabiegów lobotomii od 1936 roku.

⊙⊙

ROZDZIAŁ PIĘTNASTY

FOTOGRAFIA

Drogi prowadzą zawsze do ludzi.
ANTOINE DE SAINT-EXUPÉRY

DLA EDYTY RYCERZ

1

Aparash Ballar Roance
SIERPIEŃ 1999

Spacerując po parku[10], chodząc i samotnie rozmyślając o niczym specjalnym, natknąłem się kiedyś na starą kuźnię. Wioski Aparash Ballar i Aparash Ballar Roance leżą rzut beretem od siebie i pełno w nich takich starszych, ale interesujących miejsc. Niepotrzebnych, opuszczonych, jak ja. Wznosił się tu wielki komin ponad drobny budynek. Potrafię sobie

---

[10] Tristan ma na myśli park znajdujący się w Villon Pray obok posiadłości Yardów. Droga z Aparash Ballar Roance do Villon Pray prowadzi wokół jeziora Pray i imponujących terenów leśnych.

wyobrazić teraz ciemny, gruby dym, który rozdziewi-czał czyste, białe chmury krążące nad Aparash Ballar. Grupa Oliwera Micalego powoli chyliła się ku rozpa-dowi. W mury eXst eXiste wdarł się niepokój i poja-wiły liczne spory. Nie do końca umiałem się w nich odnaleźć. Może nie byłem także w stanie myśleć z powodu bólu głowy po ostatniej imprezie.

Klub R, w którym imprezuję, ma stałą lożę, nazwaną moim nazwiskiem. Pełno w nim pięknych kobiet, które poznaje się tylko jeden raz... choć niewiele z wczoraj-szego dnia mógłbym wpisać do pamiętnika... na pew-no przeczytam o nim w dzisiejszej prasie. Widziałem dwu dziennikarzy, o tak, to oni. Hieny, czekające na moją chwilę słabości. Czułem się i tak dość komforto-wo. Uśmiech nie schodzi mi z twarzy, gdy o tym myślę.

Oliwer wciąż mnie upomina, abym uważał, nie tylko na siebie, lecz także na tajemnicę eXst eXiste. Chyba przestaje mi ufać. Mam jednak szczególny dar, choć-bym nie wiem, jak był pijany, nie zdradziłbym jakie-gokolwiek sekretu. Ufam sobie. Dwa kruki zaczepiały się od kilku chwil, gdy tak rozmyślałem. Piękne ptaki, zawsze budziły we mnie silne emocje... może przez ten sen, gdy otworzyłem wrota, z których wyleciała ich chmara... czarne jak najciemniejsza z nocy. W oczach miałem łzy. Sen ten miałem już dawno puścić w nie-pamięć... pamiętam, że przerażał mnie. Obudziłem się wtedy zlany potem. Nagle usłyszałem zgrzyt jakby metalu o metal. Nie byłem sam w opuszczonej kuźni. Powoli i na palcach zacząłem posuwać się w kierunku zauważonych drzwi. Były wyłamane i dotknięte przez czas. W pomieszczeniu przy dawno już nieżywym palenisku stały dwie osoby.

Zmysłowy saksofon.

Przykucnąłem za wielkim składem na niedobre podkowy. Naprzeciw mnie, niezauważalnego, stał młody, ale bardzo dobrze zbudowany mężczyzna, który z pewnością nie dobił jeszcze trzydziestki, i kobieta. Miała na sobie skąpą spódniczkę koloru zabójczej, krwistej czerwieni i wpół rozpiętą bluzkę z nowej kolekcji mojego znajomego projektanta. Bluzka była czarna. Kobieta wyglądała jak żywa flaga eXeX. Była piękna, miała duże, błyszczące oczy, zeszklone do tego stopnia, że zdawały się krzyczeć z namiętności i pragnienia.

Mężczyzna był brunetem o niezwykle rozbudowanych plecach. Miał na sobie krótkie szorty i obcisłą, białą koszulkę na ramiączkach. Szorty jednak zniknęły szybciej, niż myślałem, a kobieta zanurkowała, przez co nie mogłem jej zobaczyć. Musiałem siedzieć cicho. Po jakiejś chwili mężczyzna chwycił ją delikatnie i posadził na stole kowalskim, poderwało się kilka narzędzi i zsunęło po stole, robiąc przy tym wielki hałas... Ciekawe, czy ktoś mógł usłyszeć go w tej pustce. Jęki kobiety rozbrzmiały w całym pomieszczeniu. Mężczyzna zamieniał się w rozpędzającą lokomotywę. W całym pomieszczeniu zrobiło się inaczej... powietrze stało się cięższe i zmieniła się jego woń. Było wspaniale. Jakkolwiek to nie wyglądało, uczestniczyłem w tym stosunku. Dziwny to trójkąt. Zaczęło się.

Pył kurzu unosił się coraz wyżej. Nienagannie biała koszulka stawała się coraz bardziej ciemniejsza, ale po chwili, niczym gladiator, mężczyzna zerwał ją z siebie, ukazując w całości swe wspaniałe ciało, rzeźbione boskim dłutem mitycznego kowala. Wielkie palenisko, choć martwe, rozgrzało nieco obok mnie. Dwa splecione ciała, po których spływały stróżki potu, emanowały gorącem równym ogniu. Czułem na twarzy to gorąco. Nie spostrzegłem, kiedy mężczyzna odwrócił się i to, do czego tak zmierzali, znalazło się kawałek ode mnie. Zaczęli się całować. Nie mieli dość...

Rozgrzany drążek wciąż gotowy był na swojego kowala, który wiedział dokładnie, co z nim począć. Na twarzy kobiety malowały się i zmęczenie, i błogie rozluźnienie. Musiała dochodzić kilkakrotnie. Na mnie była już pora. Miałem być jutro na koncercie Rossera. Elita eXeX dostała specjalne zaproszenia od... nowego wybrańca stowarzyszenia, piosenkarza.

Wychodziłem cicho, jednak musieli mnie zobaczyć... słyszałem cichy uśmiech. Nie zaprosili do zabawy. Może to i lepiej. Nie lubię się naprzykrzać. Znowu się uśmiechałem. Na zewnątrz szaro. Tak to już jest...

2

Była taka noc, gdy po stosunku z nowo poznaną dziewczyną w R chwyciłem za aparat fotograficzny. Leżała na moim łóżku, na brzuchu, naga z moim nasieniem na pośladku. Na aparat zareagowała dziwną miną, zaskoczyła mnie przybraną pozą. Pieprzona modelka. Aparat strzelił i wypluł jej zdjęcie. Było okropne, tak różniło się od rzeczywistego wyglądu. Uchwyciłem niedobry moment. Nie wyglądała zachęcająco. A może wyglądała... Kto większym kłamcą? Oko czy obiektyw? To fotografia oddała mi prawdę, uchwyciła chwilę, zapisała ją. Byłbym jednak ostrożny. Czy ludzkie oko naprawdę jest kalekie? Chciałbym nagrać film pornograficzny. Coś amatorskiego lub artystycznego. *Sex tape.*

Pomysł jej się spodobał. Jestem Tristan Roance, każdemu by się taki pomysł spodobał. Nadal jestem sztywny, nadal rozpalony, nadal naćpany. Biorę kamerkę VHS-C. Okręcam ją, każę jej trzymać kamerę i ssę jej wargi sromowe. Jest głęboka, ale sucha. Ślinię ją szybko jak buldog. Jestem bardzo spragniony. Podgryzam ją, jęczy, ale twardo trzyma kamerkę. Pomagam sobie palcami. Wpycham trzy naraz. Krzyczy, że chce więcej. Nie wytrzymuje, wybucha falą żółciutkiego moczu. Czuję się, jakbym wyszedł spod prysznica. Przyciągam ją do siebie i nasze ruchy frykcyjne przyspieszają jak spóźniony pociąg. Jest paskudna. Cała mokra, czerwona, wymęczona. Jest piękna. Jej usta zajmują się moim członkiem. Odpoczywam, bawię się kamerką. Wirujemy.

W pewnym momencie chyba uderzyłem ją aparatem. Leżał blisko poduszki, aparat z kliszą. Kamerka opadła na ziemię. Uderzam się w penisa, już nie chcę.

Przestraszona wybiega z pokoju. Zdążam jeszcze rzucić i roztrzaskać aparat. Klisza wystrzeliwuje z niego wprost na nią, jak wcześniej mój biały sok. Gonię za nią. Po schodach. Wybiega na podwórze naga. Nie mogę powstrzymać śmiechu, brzuch mi eksploduje, jeśli się nie uspokoję, śmieję się wniebogłosy. Czuję, że całe Aparash Ballar Roance, moja kolonia orgietek, mnie słyszy i śmieje się ze mną mimowolnie, jęcząc: „biedna dziewczyna". Film nazwałem *Fotografia*.

Prasowe podsumowanie roku:

„ROANCE, YARD I ROSSER. TRZY WIELKIE NAZWISKA RAZEM W MIRROR"

„OLIWER MICALI Z NIEZNAJOMĄ BRUNETKĄ — NAJWIĘKSZĄ SENSACJĄ MECZU"

„GREGORY YARD — NAJPOPULARNIEJSZA TWARZ OKŁADEK 1998"

„TRISTAN ROANCE NA LIŚCIE NAJBOGATSZYCH LUDZI ŚWIATA"

3

Styczeń 2000

Byłem niedawno u znajomych w ich pięknym, wielkim domu na wsi, niedaleko morza. Właściwie pojechałem tam, aby odpocząć. Niewiele miałem ostatnio powodów do radości. Przyzwyczaiłem się już do tego całego szumu i dźwięków, które normalnego człowieka doprowadziłyby do ostateczności. Chyba nie należę do normalnych ludzi. Wizyta moja miała potrwać trzy dni, od piątku do niedzieli. W tym czasie zdążyłem jednak przekonać się, jak bardzo głupimi stworzeniami są... kury.

Podmuch nieświadomego wiatru.

Spośród najbardziej tępych stworzeń, jakie w życiu spotkałem czy widziałem, kury właśnie są najbardziej niemoralnie niedorzeczne! Zastanowiłem się jednak przez moment, czy aby ja nie zachowuję się durnie. Poproszono mnie o godzinie piątej po południu (kto o tej godzinie zagania kury?), abym pod nieobecność moich znajomych, którzy wybrali się na zakupy, powganiał te godne politowania zwierzęta. Było ich około czterdziestu: białych, czarnych, kolorowych, jedne wyglądały nawet jak gołębie. Spośród nich były także cztery ozdobne, aksamitnie czarne z... białą czupryn-ką. Te wyglądały najzabawniej. To tak jak ja. Wziąłem kij i próbowałem zrobić swoje, ale za nic nie dały się zagonić do kurnika. Westchnąłem tylko, po jakichś piętnastu minutach uśmiechałem się pod nosem, ale raczej z powodu ogarniającej mnie paranoi. Naturalne było to, że nie pojechałem ze znajomymi do miasta. W końcu przyjechałem tu odpocząć. Kolonia Aparash Ballar jest w porównaniu z tą wioską jak miasteczko.

Czas mijał, a te idiotki same powchodziły do swoje-go królestwa. Ich tępy wzrok czy nieustanne pianie bez wyraźnego powodu były naprawdę żenujące. Podobnie jak kogut co chwila wchodzący na kurę. Wyszedłem z zagrody i udałem się w stronę domu. Słyszałem w stajni konia. Jeszcze tego brakowało, aby zachciało mi się go zobaczyć. Stwierdziłem, że żadną atrakcją jest siedzenie (nawet) w wiejskim domu, zatem ostatkiem sił poczłapałem na polankę. Może i przypominałaby tę z mojego snu, jednakże tamta miała w sobie pewną magiczną moc, której tej tutaj brakowało. Na dróżce jednak nie było butelek, a już na pewno muru. Szedłem tak sobie i podśpiewywałem pod nosem moją ulubioną piosenkę Daniela Rossera: *Shame*.

Dziś przedostatni dzień pobytu u znajomych. Pogoda zbytnio się nie popisała. Leje cały czas, momentami dość intensywnie. Leżę w łóżku, dziewczyny grają w bierki. Znajomy raz leży, innym razem czegoś szuka. Słychać Madonnę w radiu. Zrobiłem sobie przerwę w pisaniu. Wziąłem gorącą kąpiel. W końcu! Kiedy zbyt wiele osób się kąpie, woda grzeje się tu dłużej, przez co miałem ostatnio chłodne kąpiele. Mój penis i inne części ciała rozpływały się w parze gorąca. Delikatnie zsuwałem napletek i ocierałem swoimi palcami.

Odwiedziny dobiegają końca. Jutrzejszy dzień spędzę w szaleństwie pakowania. Czuję się świetnie. Nie bolą mnie nogi, one także zostały storpedowane strumieniami wody. Po moim szczupłym ciele spływał niebieski żel pod prysznic. Rozsmarowywałem go i spłukiwałem. Prysznic udany. Co dziś kupiłem? Bransoletkę i przypinkę: „Kocham seks".

Spokojne ocieranie opuszkami palców o klawisze fortepianu.

Ciało człowieka jest piękne, o tak! Lubię oglądać filmy pornograficzne. Robię to często. Także masturbacja jest czymś wspaniałym. Co takiego lubię w porno? Uwielbiam te, w których jest jakaś prosta fabuła. Gdy ich bohaterowie naiwnie próbują ukryć swe żądze. To wspaniałe! Szybko przechodzą jednak do sedna. W takich filmach koniec jest niestety przewidywalny — happy end, dla przykładu na twarzy. Nie jest to bliskie rzeczywistości przeciętnego człowieka. A może się mylę, bo i może nie udało mi się jeszcze trafić na odpowiednią osobę o pięknym ciele, ciepłym sercu i nieprzeciętnym rozumie. Czekam na niemożliwe. Otoczyłem się niewłaściwymi ludźmi. Często mi się wydaje, że przemawiam na deskach teatru w jakiejś mało ambitnej komedii. Mówię, a oni słuchają. Pewnie uważają się za wyjątkowych krytyków mojego życia. Nikt mnie nie zna. Wracam do siebie. Myślę, że nastąpił rozwój... intelektualny czy emocjonalny? Równie ważny? Z mojego walkmana wypływała ballada Rossera:

Wiem, że koniec już dawno miał swój czas.
Dziecko czerwone zatrzymuje nas.
By spytać o drogę.
Drogę o świcie,
Co usłana jeszcze zimą jest.
I przychodzi diabeł,

Który poznać nie chce mnie.
Jakbym coś zrobił,
Jakbym skrzywdził kogoś.
Diabeł wciąż nie chce.

Nasza mała Złota piramida

▲

Kiedyś

W pewnym momencie skręciłem, a po przejściu polanki, zza stogu słomy wyłonił się dziwaczny, niewielki budynek, jakiego dawno nie widziałem. W Aparash Ballar Roance takich nie ma i pewnie nie będzie. Byłaby to zwykła chatka, gdyby nie dodatkowa wieżyczka zakończona krzyżem. O tak, widziałem krzyż w ostatnim klipie Daniela. Ku własnemu zdumieniu moja noga i szeroki uśmiech przekroczyły próg kościółka. Poczułem woń wilgotnych ścian. Było pusto. Doszedłem do jednej z ławek, było ich niewiele. Nigdy nie rozumiałem zaniedbania kilku ważnych spraw (m.in. ogrzewania), których konsekwencją jest między innymi zimno, wilgotność, odór.

Nagle pojawił się cud. Cud w sztywnej, ciemnej sutannie. Zdziwiłem się nie po raz pierwszy tego dnia. Oto stałem w małym, wiejskim, starym i rozpadającym się kościółku z młodym, przystojnym księdzem. Włoski miał ułożone na żel. Nie zauważył mnie od razu, a ja nie chciałem się zdradzać. O czym miałbym z nim mówić? Myślę, że nic brzydkiego nie zrobi, ja nie chcę być już dziś podglądaczem.

Wychodzę. Zauważa mnie, ale nie zatrzymuje, nie wita się. Pewnie przygotowuje się do mszy, nie chcę być nachalny. Obracam się znowu, gdy jestem już na polance. Widzę kremową twarz w oknie. Nie zawracam.

†

Poznaję tę twarz, pamiętam. Nie znam jego nazwiska, ale wiem, że mężczyzna stojący przy barze to ksiądz z małego, wiejskiego kościółka, który to odwiedziłem niedawno. Przez moment spotykamy się wzrokiem. Poirytowany opuszcza głowę, gdy DJ włącza *Disco Priest* Daniela Rossera. Podchodzę. Kto może zdawać sobie sprawę z tego, że to ksiądz? Poza mną, nikt. Przecież ma na sobie ciemny T-shirt i czarne jeansy. Chcę postawić mu drinka. Jest nieco zaskoczony i zmieszany. Najbardziej ceną drinka. Wypija i uśmiecha się. Ma piękny uśmiech, ale smutny wzrok.

Chciałbym być jego pocieszeniem. Mam ku temu zapędy. Nie mogę żyć bez patrzenia na piękne ciało. Kategoria płci blednie. Chcę dotknąć.

Całą noc siedział i obserwował ludzi. Dziś nie wyszedł zatańczyć. Ja podobnie. Wychodząc, szepnął mi do ucha drżącym głosem, że nie jest tym, za kogo go mam. Byłem w domu! Kłamstwo rozeszło się z ciepłym oddechem po małżowinie usznej. Wszystko inne jest już tylko kwestią czasu.

†

Kiedy byłem małym chłopcem, siedząc w kościele na zimnej i wypolerowanej tyłkami opasłych staruszek ławce, słuchałem kazań młodego księdza, wygłaszanych z ambony czystym głosem. Gdy nie mogłem się skupić na jego słowach, wyobraźnia podsuwała mi obraz poruszającej się drewnianej ambony, za którą z pewnością klęczała kobieta, naga grzesznica. Czyniła zapewne wiele dobrodziejstw oralnych i piersiami pastowała eleganckie buty księdza. Kiedy sam służyłem, już przy ołtarzu spotkał mnie zawód. Nikt się tam nie chował. Sekret skrzypiącej ambony pozostał zagadką dziecięcej wyobraźni.

†

Jestem podglądaczem z przypadku, a z reguły mam szczęście spotykać pary w tych szczególnych momentach. Podglądać innych, kiedy frykcyjnie posuwają swą miłość, gdy samemu nie schodzi się ze stogu ciał, to już chora pazerność. Piękna pazerność. Jestem pewien.

Już pierwszy dzień na plaży nie był szczęśliwy. Zdarza mi się wyjechać gdzieś nagle. Odrywać się od ludzi, których znam, od spraw, których tylko przybywa. Moje braki optymizmu zdominował żal pary za parawanem. Leżeli na chłodnym piasku obok mnie.

Wiał wiatr. Zza parawanu słyszałem tylko szuranie i płacz kobiety. Podszedłem po chwili i spytałem, czy coś się stało. Wtedy niewiele ludzi kręciło się w tym miejscu. Nie było atrakcyjne, ale spokojne. Mężczyzna leżał na zapłakanej kobiecie, byli nadzy.

— Pan czasami... — zacząłem oburzony.

— Nie, nie — uspokoiła mnie kobieta. Zza łez pojawił się uśmiech. — To tak... na pożegnanie. Rozstaliśmy się... i ja nie chciałam się rozstawać, ale musimy.

— Może pan wrócić na swoje miejsce?! — warknął purpurowy mężczyzna.

— No pewnie. Mogę.

Pożegnalny seks i ona wyjąca z rozkoszy, wyjąca wraz z ostatnimi ruchami frykcyjnymi. Zmiany są w życiu bardzo potrzebne, człowiek zmieniający i zamieniający ludzi decyduje się na krok do przodu.

Gdy się położysz, skonstruuj w głowie erotyczny plac zabaw. Wymyśl gry i zabawy. I zaproś znajomych. Dla zabawy, dla radości, dla uśmiechu. Już!

Śnieg nie musi sypać mi swoimi płatkami po nosie, bym myślał o grudniowych chwilach. Słońce może roztapiać mnie jak ser na toście. Wspomnienia wracają do mnie często, czasem zbyt często, zbyt intensywnie i chyba niepotrzebnie. Ale wracają i to te najmniej przyjemne.

Stać mnie na posiadanie broni. Mam kilka. To naturalne. Żyjemy w okrutnych czasach. Niegdyś mnie przerażała, była zbyt ciężka, zbyt zimna, zbyt wielka. To fascynujące trzymać gnata w ręku. Pamiętam swoją ostatnią próbę związania się z kimś na dłużej zakończoną fiaskiem. Oficjalnym pożegnaniem pod prysznicem.

Pamiętasz? Para była wszędzie. My, dwa nagie ciała, nagie pośladki, po których lała się gorąca woda. I nagle z wodą napływa to uczucie. Beznadziejność. Wiem, że jedyny sens ma tutaj unicestwienie. Zagrabienie tego wszystkiego, co długo budowane, legło w gruzach.

Ku tak dziecinnemu przerażeniu twardo wyjmuję broń. Gorące policzki chłodzi trasa, jaką wykonuje zimny gnat. Widzę nieopisany strach za zalanymi oczkami. Rośnie jak temperatura w łazience. Uśmiecham się i wpycham broń głębiej i głębiej. Nie będzie ssania lufy, jej metalicznego smaku. Napotykam opór, ślina ścieka po brodzie i pistolecie jak z cieknącego kranu. Jeżdżę po tych wielkich, nadmuchanych ustach, soczystych jak maliny z lodem. Strzał jest nieunikniony. Mam już dość tak zwanego związku. Chyba mnie rozumiecie? Ostatnie pożegnanie.

Strzelam, a nabój niesie moja wewnętrzna siła. Jakbym sam stał się nabojem, który tak bardzo chce... Ręka zostaje odepchnięta siłą strzału. Biała mgła opada w łazience. Mój nabój połknięty. Wycieram się ręcznikiem. Kciukiem wycieram te usteczka. Uśmiecham się i żegnam.

— To już koniec naszej... nie pisz.

Podrzucam ręcznik i wychodzę, zostawiając uchylone drzwi. Naprzeciwko nich znajdują się już tylko drzwi wyprowadzające z mojego pokoju. To bardzo

wymowna sugestia, tym bardziej dla osoby tak nie-
dojrzałej emocjonalnie.

†

Największą przyjemnością dla mężczyzny, darem
i skarbem zarazem jest jego życie. Życia złączone
i wszelkie korzyści płynące z tych połączeń nazywa-
ne są elitą eXst eXiste, która stworzyć chce wspólną
historię.

Mówią, że mam problem z pohamowaniem po-
pędu seksualnego, a moi narratorzy stale wplatają
w akcję wątki seksualne. Myślę, że to bzdura. Prędzej
przyznam się do alkoholizmu, uzależnienia od leków
i innych. Seks po prostu jest! Zdarza się. Nie mówię
przecież o nim stale i nie dominuje nad moim życiem.
Po prostu jest. Często... Czy to źle?

A mój czytelnik? Ile razy wyciągał rękę z bielizny,
odkładał delikatnie książkę i na drżących nóżkach
leciał pod prysznic bądź po paczkę chusteczek?

Wielu ludzi lęka się przyjemności. Ja jestem Przyjemność.

5

Wiosną kazałem zainstalować w swoim salonie sporych rozmiarów basen dla sprowadzonych ze Stanów
jesiotrów. Ryby miały do trzech metrów, a waga

najcięższego przekraczała nieco dwieście kilogramów. Płetwy, podobne do rekinów, budziły podziw. Jesiotry do połowy lat sześćdziesiątych można było spotkać także w polskich wodach. Zwierzęta te lubią raczej ciepłe wody, żyją w morzu, ale w rzekach się rozmnażają. Pewnie jak nie zdążą wrócić do rzeczki, to i w morzu dają radę.

SEN TRZYDZIESTY PIERWSZY

Miałem załzawione oczy, a moje palce pozbawione były paznokci. Przed chwilą się ocknąłem. Znajdowałem się w niedużym pomieszczeniu. Tak dziwnym, jakiego nigdy bym sobie nie wyobraził, mimo że z początku wydawało mi się znajome. Było w nim bardzo jasno. Ściany przedstawiały krajobraz pól i gór w oddali. Ja znajdowałem się na sztucznej dróżce polnej. W pomieszczeniu były jeszcze dwie jakże prawdziwe ściany, ustawione przede mną i za mną, równolegle, połączone rdzawym łańcuchem. Bałem się spojrzeć w dół. Słusznie. Tak, jak w snach, łańcuch przechodził przez prawy bok i z pewnością utrzymywał obie ściany, za którymi...

Krew wypełnia umysł.

BES✝IA

ROZDZIAŁ SZESNASTY

☉

BŁĄD GREGORY'EGO

1

Opowiada
DANIEL ROSSER

Tristan, gdy tylko wszedł do salonu z Gregorym, pokazał mu wiszący na ścianie nowy obraz. Przez chwilę patrzył zaniepokojony na twarz kolegi.

— Co to jest? Okropne! — powiedział Gregory, rozglądając się po pomieszczeniu, jakby szukał kolejnego, równie okropnego.

— To obraz, który... namalowałem — skłamał Tristan. Dzieło znalazł na strychu willi przy Villon Pray 13 i za zgodą pana Yarda przywłaszczył sobie. Gregory nie mógł go nigdy widzieć. Może bał się strychów? — Dlaczego według ciebie jest okropny?

Obraz składał się z wariacji trzech kolorów: czarnego, czerwonego i białego. Z jednolicie czarnego tła wyłaniała się biała jak kartka papieru głowa szczupłego chłopca o oczach pozbawionych źrenic, którego białka były czarne, a wokół oczu, na skórze, znajdowała się czerwona poświata, jakby padające światło, maska.

— Przeraża mnie. Mam gęsią skórkę. Niby nic takiego nie przedstawia, ale spójrz. Czuję się, jakbym nie pierwszy raz widział ten obraz, jakby obserwował mnie całe życie.

— To ciekawe... Co jeszcze widzisz?

Diamentowe łzy nabiegły do jasnych oczu Gregory'ego.

— Nie mogę, wybacz. Przeraża mnie. Wygląda jak potwór. Jego oczy są identyczne jak mroczne tło, wciągają. Nie podoba mi się to. I ta czerwień. Rozumiem, że kolory mają odpowiadać symbolice eXst eXiste.

Tristan przez chwilę zawiesił spojrzenie na podłodze.

— Tak. eXeX, które nie pozwala nam wierzyć w takie bzdury. Dziwi mnie to, w jaki sposób obraz oddziałuje na ciebie.

— Wszystko, co tworzysz, ma wpływ na ludzi. Ale sam nie spodziewałem się, że aż taki!

Przez chwilę Tristan zastanawiał się, czy zdradzić koledze, że obraz znalazł w jego willi. Byłoby to bardzo głupie posunięcie. Nie mógł dopuścić do tego, aby młody Yard zbliżył się do obrazu — mógłby zobaczyć, że płótno jest starsze, niż powinno.

Tej nocy Gregory miał koszmarne sny. Widział w nich dzieci odwrócone do niego tyłem, dzieci o białej skórze. Sam był prawie albinosem, jednak ta mleczność była intensywniejsza. Jeden z chłopców gonił go po lawendowym polu. Był identyczny jak chłopiec z obrazu. Patrzył bez oczu, biegł za Gregorym i nie uśmiechał się. Yard spędził w łóżku tydzień z silną gorączką.

2

Poniedziałek

Tristan wrócił przed drugą z R. Wstrząsnął pokojówką, roztrzaskał pilot od telewizora na płytkach podłogowych. Godzinę wściekał się na siebie za uniemożliwienie sobie oglądania programów. Nikt tej nocy nie spał w willi. Wszyscy nasłuchiwali. Pojawił się nieprzyjemny odór, właściciel leżał w brudnym ubraniu.

Wtorek

Tristan nie trafił do muszli. Nie wiadomo, czy w ogóle był świadom, że nawet w nią nie celuje. Jego mocz wylądował na podłodze wielkiej łazienki, na błękitnych płytkach pojawiła się ciemnożółta powódź. Następnego dnia łazienka była czysta. Tristan nie dowiedział się o swoim wybryku. Wieczorem odwiedził R w towarzystwie dwóch prostytutek. Prasa nie dawała mu spokoju.

ŚRODA

Nie wrócił z R. Właścicielka, chcąc oszczędzić go przed skandalami i Oliwerem, przenocowała nietrzeźwego na zapleczu. Opróżnił znalezioną tam butelkę wódki.

CZWARTEK

Wylądował w szpitalu z poparzoną ręką. Na zapleczu wylał na siebie wrzątek, próbując zrobić kawę. Skończyło się niegroźnie. Wrócił do Aparash Ballar Roance wieczorem z obandażowaną kończyną.

PIĄTEK

Gościł Batty'ego, który dostarczył mu kilka MDMA. Pół godziny spędził przed toaletą, dobijając się do przerażonej, zapłakanej pokojówki, która zamknęła się w środku. Zrobiła to po wcześniejszej szarpaninie, w której zerwał jej srebrny łańcuszek. Klął i szarpał za klamkę. Obsługa wezwała Oliwera. Ten przysłał Agamemnona.

SOBOTA

Tristan zwolnił całą obsługę willi oraz szofera. Niebo zakryły burzowe chmury. Padać miało cały kolejny tydzień. W willi przy Aparash Ballar Roance 1 miały zajść zmiany. Agamemnon godzinę rozmawiał z Tristanem, kazał mu się wyspać, wykąpać i pojawić w ΔDQ. Tak też się stało, ale Roance nie zamierzał tłumaczyć się przed Micalim. Zorganizował imprezę.

3

OSTATNIE GODZINY PRZED ZBRODNIĄ

Odtworzone na podstawie późniejszych rozmów z krwawym umysłem.

Dzień przed zbrodnią był dniem pełnym emocji, zarówno dla sprawcy, jak i ofiar. W szklanym basenie oprócz jesiotrów roiło się od pływających z nutką lęku nagich koleżanek Tristana. Dwa tygodnie wcześniej zwolnił całą służbę. Salony pozapychane były pomnikami świętych, z kamienia, gipsu, niektóre z marmuru. Wszystkie miały zakryte głowy. Odkrył je Gregory, któremu cudem udało się dostać do środka. Minął kilku mężczyzn z bujnym zarostem. Przeszedł obok rozbitej lampy piramidy. Na ścianach wisiały wrogie obrazy świętych, matka boska patrzyła rozgniewana. Jakaś święta z zasłoniętymi oczami. Nawet nie wiedział, czy i ona się gniewa.

Tristan pod wpływem leków i alkoholu.

— Znajoma... poznała fajnego chłopaka. Tak jej się wydaje. Mówiła, że ładnie pachnie, jest cool i troszczy się o jej waginę. Musi być dobrym chłopakiem — zaczął Tristan na dzień dobry.

— Po co mówisz mi o kimś, kogo nigdy mi nawet nie przedstawiłeś?

Tristan wybuchnął śmiechem i podszedł do gramofonu, z którego wypływał nieprzyjemny dźwięk po skończonej płycie. Chwycił za singiel Daniela Rossera *Naked Prince,* trzeci singiel promujący *Lucid Dream*, ostatni z klipem. Na okładce artysta został sfotografowany, gdy siedział tyłem do obiektywu. Był nagi, widać mu było pośladki i wyrobione plecy. Na głowie miał kwef.

— Tristanie, co się z tobą dzieje? Co TU się stało? Zwolniłeś całą służbę. Prasa aż huczy!

— Pohukaj z nimi.

— Nie po to tutaj przyszedłem. Co to ma być?

Gregory wskazał na obraz matki boskiej z zaklejoną zdjęciem Madonny twarzą. Przeszedł się po salonie.

— Chodzisz z gołą dupą na wierzchu, przez nogawkę coś ci wystaje! Lodówka w salonie?! Co te sztuczne kutasy i mrożone cipki w niej robią? Czyje to? Schudłeś, zamiast jedzenia trzymasz to coś w lodówce!

— Zawsze byłem pewny, że nie zrozumiesz seksegzystencji. Oczy same się weselą na widok cipki.

— Och, całe szczęście. Już myślałem, że tylko kutasy ci smakują. Ćpasz, narkotyki cię wyniszczą.

— Nie ćpam, biorę leki, bo muszę. Myślisz, że nie wiem, o co chodzi z narkotykami? Ty wiesz na pewno.

Coś ukłuło Gregory'ego. Powoli odpowiedział:

— Mają niszczący wpływ! To poważne!

— Niszczący poważnie wpływ? Nie, po prostu są za drogie.

Z góry dobiegł ich głos kobiety: „Pieprz mnie, głośniej i mocniej krzycz, mocniej".

— Skąd ty ich bierzesz?

— Z profilu... na portalu.

— Mówiłeś, że nie masz.

— Mam, ale w znajomych tylko osoby do...

— Dobrze, już się domyślam. Jutro jest spotkanie w eXst eXiste. Ważne, przecież wiesz. Co to jest? On żyje?

— Tak, schował się za kanapą skubaniec i wypił całe whisky sam.

Za białą kanapą leżała męska prostytutka. Miał wygoloną głowę, mięśnie i luźne bokserki w moro, z których wystawał gąszcz ciemnych włosów ciągnący się do klatki piersiowej. W korytarzu spał inny mężczyzna. W kredensie, obok kilku książek Tristana, leżały odłupane, gipsowe, złożone do modlitwy ręce jednego ze świętych. Pokój oświetlał Jezus z cienkich, niebieskich lampek. Z niebieską aureolą.

— Nie masz wstydu.

— Wstydu? A co to jest wstyd? A ty? Ach... zapomniałem. Ty jeszcze przed imprezą.

Tristan podszedł do gramofonu. Na drugiej stronie singla było koncertowe *Shame*. Miał na sobie koszulę w kwiaty. Stan Gregory'ego był zmienny. Raz miał ochotę szczerze się śmiać, innym razem rozpłakać z rozpaczy. Miał już dość.

— Na razie, PRZYJACIELU!

Tristan go nie odprowadził. Stanął przed lustrem. Stanął mu. Rozebrał się do naga i zaczął onanizować. Patrzył na mięśnie, patrzył na brzuch. Spojrzał na twarz. Zamknął oczy, trząsł ręką, otworzył. W lustrze był Tristan i drugi Tristan, tak bardzo podobny. Identyczny. On. Sam i podglądający się, a może to tylko odbicie...

— Nie znam cię. NIE ZNAMY SIĘ! Ale to bardzo dobrze.

Poszedł pod prysznic, kolejna pijana osoba leżała w wodzie, bo wylot zatkała ciałem. Woda nie leciała. Na tyłku tatuaż: „Może dziś się uda".

Nocami chodził bez ubrań po ulicach wokół willi, przechadzał się alejkami Aparash Ballar Roance. Dziewczynom, które zapraszał do domu, kazał zakładać stożkowy stanik. Poznawał je na stronie *Pobierz Swoją Dziewczynę*. Po willi chodził już w samej koszuli w kwiaty. Gryzł koleżanki w tyłki. Ściany w łazienkach pokrył grzyb. Doprowadzał się do stanu, w którym nie miał sił recytować swojego: „Pieprzmy się, nie czyńmy złego".

4

Świece zostały zgaszone, w pomieszczeniu pachniało jeszcze różami, woskiem o zapachu róż, tym sztucznym kwiatem, od którego po chwili może zrobić się niedobrze. Adam Shargan odgarnął kawałek flagi eXst eXiste, który nieco się zadarł. Realici zaczęli bić brawa.

Oliwer wstał i wyszedł przez zaokrąglone drzwi do pomieszczenia znajdującego się przy pokoju Głównego Przewodniczącego. Za nim udał się Justin Huit i Brian Batty. Przytargali wielki kociołek z kolejnym tajemniczym napojem.

— Co tym razem, bo mam zgagę? — zapytał Agamemnon i głośno beknął.

— Coś, co lubisz — odparł Tristan. — Dobre na zgagę.

Realici podchodzili do kociołka i nabierali sobie w plastikowe czarki napoju. I pili. Pił Oliwer, pił też Gregory, za nim Marco, Adam, Justin, Brian, Max i Zachariasz. Pili łapczywie, bo smakowało. Napój mocny o ziołowym posmaku. Pili też Marceli, Katon i Honoriusz, a za nimi Klaudiusz, Evan, Sykstian. Oskar miał nie pić, ale wypił. Po nim Montiusz i Wanitiusz. Prawie każdy członek eXst eXiste sięgnął pazerną łapką do kociołka pod złotymi *eXeX* wiszącymi nad stołkiem Oliwera. I nikt nie zauważył, że ktoś jednak nie pił. Złapał za prawie pusty kociołek i wyniósł go.

Gdy wrócił było ciszej. Tu i ówdzie zaczęły się dziać rzeczy nieprzewidziane. Ktoś zwymiotował na notatki, ktoś inny zalał ksero fragmentu książki Tristana krwią z nosa. Ktoś inny osunął

się

na ziemię

z karuzelą w głowie.

Realita, który nie wypił, zdążył jedynie wciągnąć głęboko, pełną piersią powietrze, zamykając przy tym oczy, bo gdy je otworzył sala stowarzyszenia, ukryta w jaskini, pełna była uśpionych ciał jej dzieci. Wyszedł jeszcze na chwilę. Wyszedł korytarzykiem do wyłamanych drzwi, za którymi stała puszka przygotowana wcześniej.

— Tak, tak, tak! Już wszystko jest. Teraz tylko działać.

Wracając, wyjął drżącą z wrażenia ręką opakowanie tabletek, ale zsunęły się w ciemną otchłań basenu. Do oczu naszły mu łzy. „Będzie gorzej", westchnął i chwyciwszy za zestaw małego budowniczego, ruszył do sali.

Zabrał się do dzieła. Godzinę męczył się z powieszeniem na łańcuchach ciał znad basenu. Na środku sali ułożył dwa ciała w pozycji przypominającej nieco godzinę 16:13. Wyszedł po ciało, które wcześniej ukrył w mrokach korytarza. Tego mężczyzny nikt by nie poznał. Otworzył puszkę i jej zawartość rozlał po głowie mężczyzny. Rozsypał także gwoździe i wyjął czarne worki na głowy.

Jeszcze na chwilę Gregory Axel Yard otworzył oczka i ochryple jęknął:

— Boże.

— Boże? Nie ma go tutaj. Tu dzieje się krzywda — powiedział morderca. Wypełnił swoje wielkie oczy łzami i zamachnąwszy się, trzasnął Gregory'ego tasakiem w skroń. Jego mleczna główka, na której widoczne były dwie lazurowe żyłki, rozprysła krwią.

5

Zabijaj mnie delikatnie,
chcę doznać rozkoszy.
Chcę patrzeć na każde Ja,
rozlatujące się po pokoju
i twoje czerwone ode mnie usta.
Chcę się rozkładać, upadłszy, uklęknąwszy.
Chcę byś potykał się o moje członki.
Zabijaj mnie wolno, uważnie... zrób to!
uderz mnie batem elektrycznym
uderz mnie
MOCNO
oblej mnie woskiem gorącym
niech sutki moje rosną
ciało w pręgach
czerwonych, czarnych
ciało obolałe
czym jeszcze mnie możesz...
czym jeszcze nie oblałeś?
Zabijaj mnie delikatnie i mocno, nieprędko.
Chcę
doznać[11].

---

[11] Wiersz pod tytułem *Delikatnie* napisany w maju 2012 roku.

ROZDZIAŁ SIEDEMNASTY

⚭

KREW JEST POMARAŃCZOWA

1

PIERWSZA ROZMOWA
Z MORDERCĄ
W DOMU GŁUPICH

(FRAGMENT)

Pięknie umierać mimo lęku, bólu, ran, krwi, rozkładu, smrodu.

— Opowiesz mi, co się stało z ciałem Agamemnona? — powiedział Daniel, a jego wzrok wbił się w uciekające spojrzenie mordercy.

— Tytan utonął... — odparł powoli, męcząc się z ostatnim słowem.

— Jego ciało jest w basenie? Czy w morzu?

— Jeden z łańcuchów się urwał. — Wstał ze stołka, zasunął go i podszedł do szyby. — Jego potężne ciało wbiło się w ciemną taflę wody. Ale nagle wynurzyło się, obserwowałem je. Było już białe, miało kilka zgniłozielonych plam. Od razu pokryło się szronem, igiełkami lodowymi. Sunęło w moją stronę jak cielsko martwego rekina. Sunęło ciało Agamemnona po ciemnej tafli wody, a ja się bałem. Nagle uderzyło o wystający z wody kamień. Głowa rozłupała się jak orzech, a kawałeczki od niej oderwane zginęły w głębi. Ciało płynęło jeszcze przez moment, po czym zaczęło się osuwać. Nogi schodziły w dół, podniósł się tors. W pewnej chwili pękł, żebra rozerwały skórę. Podczas, gdy nogi ciągnęły ciało w dół, góra odstąpiła. Szyja i głowa wyprostowały się wolniej, ale także utonęły.

— Działo się to bez twojej ingerencji? Działo się to?

— Dało się wyczuć woń pomarańczy, których w sali wtenczas nie brakowało. Ułożone były na kilku tackach, co kilka metrów na stole. Były mięciutkie i poplamione krwią. Okraszone jak czerwonym lukrem, syropem, apetyczne, soczyste, dojrzałe. Zjadłem cztery. Potem usłyszałem twoje kroki i znów to się zaczęło...

— Miałeś atak? Zaczęła boleć cię głowa.

— Nie, ale miałem atak. Czułem jak to narasta. Czułem, że ból zaraz się pojawi i nie pojawiał się. A jednak ten strach był silniejszy i miotał mną po ziemi.

— Myśli, bałeś się samych myśli, tak?

— Nie masz pojęcia. Jak strach patrzy na ciebie. Nie wiesz. Czerwone dziecko, mały niepozorny szkrab siedzący i bawiący się czymś na podłodze. Co jakiś czas zerkający groźnie na ciebie. To jest to. Ty też go zobaczysz. Każdy, kto patrzył na białą twarz i czerwoną plamę przy oczach, kończył tak samo.

— Dlaczego chcesz w to wierzyć? Dlaczego chcesz, żebym ja w to wierzył?

Morderca już się nie odezwał. Oczy mu się zeszkliły, obrócił głowę. Obraził się. Daniel wstał i podszedł do szybki oddzielającej ich od siebie.

— Czy ON kazał ci to zrobić?

— Och, nie. On się nie odzywał. Nie wiem, dlaczego mnie męczy, ale nic nie powiedział. Nigdy. Ja musiałem to zrobić dla dobra... — urwał, zabrakło mu słowa.

— Co teraz będzie?

— Ja zniosę karę, ty wrócisz do sztuki. Nagrasz dobrą płytę...

— Odebrałeś sobie wszystko. Nie mam innych słów, by to opisać.

— Zrobiłem to, czego nikt przede mną nie zrobił. Dążę do zrozumienia swojego dzieła. Będę rządził światem, ja czekałem i czekam na siebie. Nikt nie może mnie pojąć, nikt zrozumieć. Jestem dla siebie. Jestem jeden, ale nie jeden z...

— Gdybyś się leczył, zażywał leki...

— Zażywam na moje lęki nowy lek. BÓL. Nie zadaję sobie bólu. Ja mam lęki, oni mają... Upijam się, bo potrzebuję zmian. Potrzebuję przemiany poprzez odurzenie, by nie poddawać się samosądom. Bóg nie analizuje swoich ruchów, za nic nie przeprasza, nie dba o nikogo. Dlaczego ja miałbym?

— Twój świat zbudowany jest na bzdurach.

— Ale człowiek stanowi jedyny sens. Nie zabiłem dla przyjemności. Zrobiłem to, by unicestwić reprezentantów materialnego bagna, od którego uzależniona jest współczesna młodzież. Dlaczego nie chcesz mnie zrozumieć, choć to takie oczywiste?

2

Wcześniej, rozmowa mordercy z lekarzem.

— Coraz częściej wchodzę w to marzenie senne. Nauczyłem się sztuki snu kreowanego, jestem z siebie dumny. Płynę wolno przed zaśnięciem, to cudowne uczucie. Wyobrażam sobie sytuację niecodzienną, wręcz ekstremalną. Może to nie w porządku, ale myślę o wojnie. I o nas dwóch w mundurach. Jesteśmy we dwoje uwięzieni. To zmysłowa pułapka, dziura jakby.

— Jak się tam znaleźliście? — pyta z pełną powagą lekarz.

— No był wybuch. Jesteśmy przyjaciółmi, trzymamy się razem. Zawsze. Wypadek powoduje, że jesteśmy uwięzieni bardzo blisko siebie.

— Jak blisko?

— Jakbyśmy wpadli razem do studni. Tak blisko! I nie możemy już się ruszyć.

— Studni, powiadasz. Co zatem robicie?

— Jego ciało przylega do mojego i nie mamy możliwości poruszania się. Czuję ten oddech, czuję ziemię, czasem także smród wilgoci, gdy wpadamy do studni.

— Czy dochodzi do zbliżenia?

— Nigdy wcześniej nie byliśmy bliżej.

— Więc opanowałeś sposób na wywoływanie snu na jawie.

Milczy.

— Rozumiem, wierzysz w prawdziwość tego, co tworzysz.

— Taka sytuacja miała miejsce niegdyś w moim życiu. Gdy byłem młodszy.

— Na pewno.

— Nie kłamię. Wiem, że niegdyś wierzyłem w fałszywą przestrzeń, źle ją sobie konstruowałem.

— Rozumiem.

— Nie rozumiesz.

— Opowiesz mi o nim, o nim prawdziwym, z dzieciństwa?

— Opowiem, ale nie teraz. Pewnie prędzej przeczytasz mój pamiętnik.

Na twarzy lekarza pojawił się uśmieszek.

— Masz rację. Pewnie nie zdążysz mi opowiedzieć. Przeczytam.

EPILOG

☉

Opowiada
DANIEL ROSSER

Znalazłem ich jako pierwszy. Tylko ja i on pozostaliśmy żywi. Ja, szczęśliwiec. On, morderca. Oni, polegli. Wiedziałem, że znajduje się w okropnym stanie. Leżał kilka metrów ode mnie, ale tylko ciałem. Nie było go ze mną, nie istniał już dla tego świata. Żył, wiedziałem to, ponieważ słyszałem, jak jego ciało drży na zimnej posadzce. W jaskini było zimno, nikt nie zapalił ognia. On leżał jak zwierzę, które kona po przegranej bitwie. Tę jednak sam rozpoczął. Ze swoich przyjaciół, członków eXst eXiste, uczynił rzekomych wrogów i pokonał ich, pokonał siebie. Jego twarz wyglądała przerażająco. Pozbawiona koloru, blada skóra. Od jednej do drugiej skroni, przez oczy ciągnął się czerwony pas.

MASKA Z KRWI

Jedną rękę miał umazaną krwią, druga brudna była od błota. Miał wzwód.

Gwałtowne i bezlitosne uderzenia w klawisze fortepianu.

POTEM

Apartament, który wynajmuję, pogrążony był w grobowej ciszy. Nikt nie śmiał wystawić nosa ani mi przeszkadzać. Stałem przy oknie i obserwowałem, jak zimne krople deszczu uderzają o wielkie szyby. Wcześniej na niebie pojawiały się tylko błyski, bez opadów i wiatru. Jak flesze aparatu, których nie byłem w stanie powstrzymać. Na białym stoliku leżała najświeższa prasa przyniesiona z samego rana specjalnie dla mnie.

ŚWIAT W ŻAŁOBIE: ŚMIERĆ ZEBRAŁA SOWITY PLON W LOLEY

Policja donosi o masowym makabrycznym morderstwie w jaskini w okolicach La Forêt de Colin i dwudziestu ofiarach w wieku od dziewiętnastu do dwudziestu sześciu lat będących członkami sekty Oliwera Micalego, wnuka walijskiego lorda i właściciela korporacji OliFactory. Wśród zamordowanych jest młody pisarz, Tristan Roance, Gregory Yard, spadkobierca fortuny Villon oraz Marco Otboy i jego brat Katon, synowie właściciela amerykańskiego Banku Otboyów. Śledczy wykluczają jednak rytualne samobójstwo.

Majątek, jaki zostawili po sobie członkowie stowarzyszenia, nazywanego w ich kręgu eXst eXiste, szacuje się na łączną sumę przekraczającą kilkanaście miliardów dolarów (jest to w większości majątek Tristana Roance'a). Twarz jednej z ofiar została oblana kwasem. Widok, jak poinformował komendant główny policji, jest paraliżujący. „Pierwszy raz w życiu spotkałem się z taką masakrą — wyznaje. — Długo nie mogłem do siebie dojść".

W pogrzebach wzięło udział, według danych naszych korespondentów, do stu tysięcy osób. Ale tragedię przeżył cały świat. Pismo „MASHTIE", cieszące się prestiżem, mające miliony czytelników w Europie i za oceanem, straciło twarz z okładki. Syn założycielki magazynu był jedną z ofiar. Ojciec chłopaka popełnił wczoraj samobójstwo, zostawiając swoją firmę i willę przy Villon Pray 13.

W Internecie pojawiły się niedorzeczne filmiki ukazujące grupy młodych ludzi „naśladujących" i odtwarzających to, co wydarzyło się w La Forêt de Colin. Na zachodzie kraju nastolatkowie chcący nastraszyć ludzi nakręcili film, w którym oblewają wrzątkiem twarz chłopca w wieku dwunastu lat. „Ścigamy takich przestępców i autorów głupich filmików — apeluje komendant. — Zapewniam, że to jedyna grupa, która działała w kraju pod nazwą eXst eXiste, a to morderstwo nie należało do ich rytuałów!". Głupota młodych nie zna granic. Wszelkie niepokojące informacje należy zgłaszać policji. Strata w wiosce Loley to tragedia całego globu.

Jedno uderzenie w bęben. Cisza... i nic poza nią.

Drżałem, nie byłem w stanie tego opanować. Moje ciało stało się bezwładną lalką. To, co przeczytałem, tak mnie dotknęło. Nazwano eXst eXiste sektą, a wiedziałem, że to nieprawda. Z jednym mogłem się zgodzić, nie był to samobójczy rytuał. Poznam prawdę! Pomogę ją odkryć. Być może następnego dnia to ja znajdę się na stronach gazet, jako ten, który cało wyszedł z masakry. Ale mnie nawet tam nie było. Nie zjawiłem się wcześniej, aby ich ocalić. Zniknęli. Stali się przeszłością, pomimo że byli potęgą tego świata. Świeca zapłonęła w większości domów. Ciepły promyk ku pamięci zamordowanych w jaskini starał się przyćmić echo jęków i wrzasków, jakie błąkały się po świecie — tymi pomiędzy miejskimi uliczkami, tymi pomiędzy polami czy drzewami lasów.

Najpiękniejsze chwile życia może i trwają bardzo krótko. Zapadają jednak głęboko w pamięć. Wspomnienia niesione przez okoliczne wiatry, plotkujące bezlitośnie o Villon Pray, Loley i Aparash Ballar Roance do końca chwil będą odbijały się echem. Nasza czarna świeca lojalności zgaszona.

Zwycięzcą został krwawy umysł...

POSŁOWIE

W listopadzie 2007 roku napisałem pierwsze opowiadanie z serii, którą już wtedy nazwałem eXst eXiste. Miało zaledwie osiem stron, nosiło tytuł *Sen-o-tobie*. Zatrzymałem z niego wiele haseł, na bazie których zbudowałem m.in. *Krwawy umysł*, swoją najobszerniejszą pracę. eXst eXiste zrodziło się z angielskich *seX eXistance*, czyli seksegzystencja. To jednak zaledwie jeden z problemów *Krwawego umysłu*. Czym lub kim jest? Odpowiedź nie jest ani prosta, ani jednoznaczna. Przede wszystkim, w myśl pierwowzoru, to choroba umysłowa, ale i ucieleśnienie jej pod postacią bladego chłopca z krwawą maską na oczach. Tyle że chłopiec w książce został przedstawiony jako złudzenie, postać z obrazu, mara nakłaniająca do złego, wprowadzająca niepokój, jest więc — wydawać by się mogło — efektem choroby. Czy tylko? To zjawisko nieco bardziej skomplikowane. Bywa, że mianem tym określam mordercę, tak zastępuję wtedy jego imię i nazwisko. Nie chcę jednak odbierać całej przyjemności z odkrywania motywu krwawego umysłu, który stał się dla mnie taki ważny. Przede mną i przed czytelnikami przecież dwie kolejne części.

Książkę skończyłem w 2011 roku, lecz proces tworzenia, poprawiania i zamiany tekstu zakończył się dopiero w grudniu 2012. *Krwawy umysł* podzielony jest na siedem części: *Mgła, Brat, Elita, Kruki, Sen, Drogi, Bestia*. Ufam, że pewne hasła nakierują umysły czytelników na właściwy odbiór dzieła. We *Mgle* znajdują się najstarsze teksty. To podróż sentymentalna i przykra momentami wzdłuż jeziora Pray. Obserwujemy dziwne relacje Gregory'ego z ojcem. Poznajemy naszego narratora głównego — Tristana, który nie omieszkuje poszczycić się swoimi literackimi sukcesami. I słusznie. Ułatwia mi to pisanie, ponieważ niekiedy przesadność jest niezbędnym elementem ich materialnego świata. To świat sprzeczności. Bohaterowie mają wszystko, a jednak centrum ich rozrywki stanowi klub nocny R i atrakcje, jakie zapewnia — ciała i używki. Czy nie ma odpowiedniej zasady eXst eXiste zabraniającej im takich zabaw? Nie chciałbym nawet oszukiwać czytelników, że jakiekolwiek, nawet największe stowarzyszenie jest w stanie zabronić młodemu człowiekowi się wyszaleć.

W *Bracie* mamy do czynienia z historią młodości braci Micalich. To moja ulubiona część książki, choć trzeba uważać, by nie zbłądzić w czasie. *Elita* to część, która może wydawać się ostudzeniem wrażeń po intymnym, erotycznym pamiętniku Hectora. Tutaj największą rolę przypisałem miejscom oraz przestrzeniom, w których poruszają się bohaterowie. Nie oni są już najważniejsi. Elitarność podkreślają ściany, budynki, osiągnięcia. *Elita* to fundament pod zrozumienie idei stowarzyszenia. Nie mogę jednak nie pamiętać o wątkach kryminalnych, które wtedy się pojawiają. Będą kontynuowane w kolejnej książce. Dalej następuje rozwój. Nie tylko snu. Olbrzymie znaczenie mają wyobraźnia, ale i zdjęcia. Przez lata przygotowywałem zdjęcia inspirowane treścią lub treść inspirujące. Używałem w tym celu swoich fotografii, na których mogłem zrobić... wszystko. Była to zabawa, przygoda i wyzwanie. Nie wystarczał mi tekst. Chciałem, by słowo ciałem się stało. To miała być także pomoc w rozumieniu pewnych obrazów literackich. Stałem się autorem, ale i jakby aktorem. Zacząłem odtwarzać postaci. To pomogło mi w wyjaśnieniu sensu *Krwawego umysłu* i całej serii. Ale na to jeszcze przyjdzie czas.

Pisząc tę książkę, nie myślałem, by sprawić komukolwiek radość, przyjemność czy przykrość, ale wiele mnie ona kosztowała. Chciałem zamknąć w niej obserwowane zjawiska współczesnego świata. Zamknąć puszkę Pandory. *Krwawy umysł* pełen jest zła, niebezpieczeństw. Myślę o nim jak o podróży, przede wszystkim w głąb psychiki ludzkiej. Życzę sobie, by był czytany uważnie, powoli. Wiele jego elementów można ze sobą kojarzyć. To efekt długoletniej zabawy i pracy z tekstem układanką. *Krwawy umysł* ciężko opisać czy streścić w kilku zdaniach. Nie jest jednowymiarowy i oczywisty. Nie jest ani wielki, ani słaby. Sądzę, że jest wszystkim i każdym po trochu. Wszystkim, co poznałem i każdym, kogo znałem. Tak, jak to we mnie siedziało przez lata, tak w końcu wypłynęło.